Helmut Exner

Lilly Höschen und ihr Gespür für Mord

EPV

Bibliografische Information der Deutschen Nationalbibliothek
Die Deutsche Nationalbibliothek verzeichnet diese Publikation in der Deutschen Nationalbibliografie; detaillierte bibliografische Daten sind im Internet über **http://dnb.d-nb.de** abrufbar.

Lilly Höschen
und ihr Gespür für Mord

ISBN 978-3-943403-17-6

Dieses Buch ist auch als eBook erhältlich
in den Formaten: ePub und MOBI (Kindle)

1. Auflage September 2012

Umschlagmotive:
© Rido81/bigstock.com (# 23188715)
© naumoid/bigstock.com (# 5421914)

Autorenfoto auf der Umschlagrückseite:
© Sascha Exner

Verlag, Druck und Verarbeitung:
EPV Elektronik-Praktiker-Verlagsgesellschaft mbH
Postfach 1163, D-37104 Duderstadt

www.helmutexner.de
www.edition-nordlicht.de

- 1 -

Er nippte an seinem Whiskey. Das Zeug schmeckt mir heute nicht, dachte er. Als er gerade den Fernseher einschalten wollte, klingelte es an der Tür seines Hauses in Hamburg-Kirchwerder. Dann trank er das Glas in einem Zug leer und ging zur Tür. Er öffnete und erstarrte:

»Du? Bist du es wirklich?«

Es war die Frau, mit der er einst verheiratet gewesen war und die ihn und das gemeinsame Kind vor über zehn Jahren verlassen hatte.

»Willst du mich nicht hereinlassen?«

»Natürlich. Bitte.«

Er trat umständlich zur Seite und folgte ihr dann ins Wohnzimmer. Als sie die Whiskeyflasche auf dem Couchtisch sah, sagte sie:

»Hab ich´s mir doch gedacht, dass du Whiskey trinkst, kaum dass du nach Hause gekommen bist.«

Ihrem Kommentar entnahm er, dass sie ihn beobachtet haben musste, als er ins Haus kam. In ihrer Stimme lag eine Mischung aus Zufriedenheit und Verachtung.

Er fühlte sich nicht wohl. Als er sich an die Stirn fasste, merkte er, dass sie feucht war. Sie setzten sich beide und der Mann sagte:

»Ich fühle mich nicht gut.«

»Das freut mich. Hast du eine Ahnung, wie ich mich gefühlt habe, als ich erfahren musste, dass mein Sohn tot ist?«

»Aber du hast dich zehn Jahre nicht um ihn geschert. Warum sollte ich dich benachrichtigen? Die letzte Adresse, die ich von dir hatte, war in Australien.«

»Die Adresse stimmte noch. Warum hast du mich nicht benachrichtigt, als er wegen eines angeblichen Mordes vor

Gericht stand? Warum hast du mich nicht verständigt, als er sich umgebracht hat? Was hast du überhaupt für einen Menschen aus ihm gemacht, dass er, wenn es denn überhaupt stimmt, zum Mörder wurde und sich dann auch noch selbst das Leben nahm?«

»Ich habe ihn ordentlich erzogen, habe mein Bestes gegeben. Es ist schwer, ein Kind ohne Mutter großzuziehen. Du hast dich doch nicht mehr für uns interessiert.«

Jetzt wurde dem Mann schwarz vor Augen.

»Scheiß auf dein Selbstmitleid. Du bist Schuld, dass mein Sohn nicht mehr lebt. Du und diese Bullen und der Richter. Doch du sühnst heute für deine Schuld.«

Der Mann wollte aufstehen, blieb aber wie Blei im Sessel hängen. Er fühlte sich miserabel. Es krampfte sich alles in ihm zusammen. Höhnisch lächelnd erhob sich die Frau und sagte im Hinausgehen:

»Du hättest nicht so viel Whiskey trinken sollen. Fahr zur Hölle.«

- 2 -

Was ist das nur für ein bescheuerter Tag, dachte Gisela. Dass Willy, ihr Kollege und Vorgesetzter, da vorne im Sarg lag, war eigentlich schon mehr, als sie zurzeit ertragen konnte. Noch keine fünfzig Jahre alt, ging er mal zum Arzt, weil er sich nicht wohl fühlte und bekam eine tödliche Diagnose. Das war jetzt ein paar Monate her. Und sie war zu Hause, um sich um ihren Sohn zu kümmern, der jetzt ein halbes Jahr alt war. Und nun musste es zu allem Überfluss auch noch in Strömen regnen, als ob der Himmel sich vor lauter Heulen und Klagen gar nicht mehr beruhigen konnte. Dann all die vielen Menschen, von denen sie kaum einen kannte. Der ganze Friedhof voll von schwarzgekleideten Menschen. Wie in einer gigantischen Freiluft-Theaterinszenierung, die ins Wasser gefallen war. Und doch standen alle diszipliniert an ihrem Platz und spielten ihre Rolle. Ihr war zum Kotzen zumute. Sie dachte an Willy, wie sie sich nach Anfangsschwierigkeiten im LKA nach und nach angefreundet hatten. Seine offene Art, sein Humor, sein Aus-der-Haut-fahren, wenn er sich ärgerte. Es war so etwas wie Freundschaft entstanden. Dann ging sie ins Babyjahr und hörte von ihrem Kollegen Achim, dass Willy gesundheitliche Probleme hatte. Als sie ihn anrief, um ihren Besuch anzukündigen, blockte er ab. Entweder war ihre Freundschaft doch noch nicht reif genug für so ernste Begegnungen oder er wollte einfach nur noch mit seiner Familie allein sein. Jedenfalls hatte sie ihn seit einem halben Jahr nicht mehr gesehen. Und nun lag er im Sarg und war Mittelpunkt dieser Veranstaltung, ob er nun wollte oder nicht.

»Hallo, Frau Weniger.«

Gisela bekam einen Schreck und zuckte zusammen. Ihr Chef, Kriminaloberrat Speck, stand plötzlich hinter ihr.

»Mein Gott, Herr Speck«, flüsterte sie, »wenn Sie das noch mal machen, können Sie mich auch gleich beerdigen.«

»Entschuldigung, ich wollte Sie nicht erschrecken.«

»Kommen Sie unter meinen Schirm. Wie kann man denn bei so einem Wetter ohne Schirm losgehen?«

»Ich weiß auch nicht. Ich glaube, ich bin heute ziemlich durch den Wind.«

»Da haben wir wohl etwas gemeinsam, Herr Speck.«

»Schreckliche Sache. Ich kann's noch gar nicht glauben. Ich denke, ich fahre jetzt nach Hause. Die Familie wollte ja keine Beileidsbekundungen am Grab.«

»Ich begleite Sie mit dem Schirm zum Auto. Sonst holen Sie sich eine Lungenentzündung, und dann stehe ich nächste Woche wieder hier«, gab Gisela entnervt von sich.

Auf dem Parkplatz sagte Herr Speck dann:

»Frau Weniger, ich würde gern mal ein ausführliches Gespräch mit Ihnen führen. Ist es Ihnen möglich, in den nächsten Tagen zu mir in die Dienststelle zu kommen? Ich meine, Sie sind im Babyjahr und müssen nicht...«

»Ist okay. Ich habe morgen Vormittag Zeit. Wenn es Sie nicht stört, dass ich meinen Nachwuchs mitbringe.«

»Aber liebend gern.«

Am nächsten Morgen saß Kriminaloberkommissarin Gisela Weniger ihrem Chef in dessen Büro gegenüber. Ihr Sohn Kay schlief in seiner Tragetasche, die sie neben sich stehen hatte.

»Das ist schön, Frau Weniger, dass Sie so schnell meinem Wunsch nach einem Gespräch nachkommen konnten.«

»Mein Gott, Herr Speck, nun machen Sie es doch nicht so feierlich. Schießen Sie los und sagen Sie, was Sie von mir wollen.«

»Ich mag Ihre direkte Art. Aber das ist nicht der Grund. Ich habe ein Problem. Durch den Tod von Willy Jobst weiß ich gar nicht mehr, wie Ihre Abteilung noch funktionieren soll. Ich habe ja inzwischen einen jungen Oberkommissar eingestellt, Piet Hermann heißt er. Der macht seine Sache auch gut. Aber nun brauchen wir natürlich einen neuen Leiter. Wenn Sie nicht im Babyjahr wären, hätte ich spontan Sie dazu gemacht.«

»Äh, Scheiße – Entschuldigung. Aber was ist mit Achim Conrad, der ist schon so lange da und zehn Jahre älter als ich?«

»Es geht nicht nach Alter oder Dienstjahren, sondern nach Leistung und Fähigkeit, Frau Weniger. Und in der kurzen Zeit, die wir uns kennen, haben mich Ihre Leistungen einfach überzeugt. Es war mir von Anfang an klar, dass Sie das Zeug haben, eine Abteilung zu leiten und später vielleicht noch einiges mehr. Außerdem...«

Jetzt stockte der korrekte, hanseatisch zurückhaltende Herr Speck. Es war ihm anzusehen, wie unangenehm es ihm war, über Leute zu reden, die nicht anwesend waren. Dann gab er sich einen Ruck und fuhr fort:

»Achim Conrad hatte die Möglichkeit, während Herrn Jobsts Krankheit zu zeigen, dass er sich den Schuh anzieht. Er hat die Abteilung ein paar Monate geleitet, weil einfach kein anderer da war, der es hätte tun können. Aber seine Leistungen ließen sehr zu wünschen übrig. Ich weiß nicht, woran es liegt, vielleicht hat er private Probleme, jedenfalls werde ich ihm auf Dauer keine Abteilung anvertrauen. Während Ihrer Abwesenheit hat er ein paar Böcke geschossen. Er ist irgendwie nicht bei der Sache und es mangelt ihm erheblich an Motivation.«

»So kenne ich ihn gar nicht. Natürlich habe ich ihn lange nicht gesehen, aber...«

Jetzt unterbrach Herr Speck Gisela abrupt:

»Also, Frau Weniger. Nun mal Butter bei die Fische. Ohne Sie bedrängen zu wollen, frage ich Sie frei heraus: Sehen Sie eine Möglichkeit, Ihre Elternzeit zu verkürzen und möglichst bald wieder hier einzusteigen? Nur so hätte ich die Möglichkeit, Ihnen die Abteilung zu geben. Dass Sie dabei auch Hauptkommissarin werden, ist selbstverständlich.«

»Ja.«

»Was?«, rief der Polizeioberrat erstaunt.

»Ich sagte ja. Ich mache es. Wenn Sie wollen, sofort.«

»Na, jetzt bin ich aber baff. Müssen Sie nicht erst organisieren, wer sich um Ihren Nachwuchs kümmert? Ich sagte ja, ich will Sie nicht drängen. Also einen Monat Zeit hätte ich Ihnen schon gelassen, um alles auf die Reihe zu kriegen.«

»Es ist alles organisiert. Mein Mann ist dabei, sich selbstständig zu machen und betreibt eine Kanzlei in unserem Haus. Ständig kümmert er sich um den Kleinen. Ich komme mir schon richtig überflüssig vor. Das ist einfach zu wenig Arbeit für zwei erwachsene Menschen. Und das Putzen habe ich auch nicht erfunden. Ich gehe lieber arbeiten und besorge mir eine Haushälterin. Wenn mein Mann dann mal nicht da ist, kann sie sich auch um das Kind kümmern. Basta.«

»Mit solch einer erfreulichen Antwort hatte ich nun wirklich nicht gerechnet.«

»Und ich nicht mit solch einem erfreulichen Angebot. Also, ich fahre jetzt nach Hause, präsentiere meinem Mann die Neuigkeiten, und am kommenden Montag bin ich wieder hier. Ha, ist das toll!«

Herr Speck grinste übers ganze Gesicht.

Anschließend ging Gisela noch in ihre Abteilung, fand dort die drei Assistentinnen vor, die sich darum rissen, ihr Baby, das gerade wach geworden war, auf den Arm zu nehmen. Als es anfing zu knören, bereitete sie das mitgebrachte Fläschchen zu und der Kleine wurde, wenn auch etwas unbeholfen, von Jennifer, einer jungen Inspektorin, gefüttert. Gisela ging inzwischen in ihr altes Büro und traf auf einen umwerfend aussehenden Mann, der sich lächelnd erhob und ihr die Hand reichte:

»Piet Hermann, guten Tag.«

»Gisela Weniger. Sie sind also der Neue?«

»Das könnte man so sagen«, gab er lächelnd zurück. Verdammt, dachte Gisela, wie kann man nur so gut aussehen? Groß, schlank, dunkelblond. Der Kerl ist der reinste Sunnyboy. Hoffentlich ist er nicht schwul. Sie konnte sich gar nicht satt sehen und fragte aus Verlegenheit:

»Und wo ist Achim?«

»Der hat sich heute Morgen krank gemeldet.«

»Auch das noch. Willy tot, Achim krank, ich im Babyjahr.«

»Es ist wirklich nicht leicht hier im Moment. Aber Herr Speck hat gesagt, dass wir kurzfristig einen neuen Chef kriegen.«

»Ja, ich weiß. Nächsten Montag.«

»Oh, da wissen Sie ja schon mehr als ich. Wissen Sie auch, wer es ist?«

»Also erstens werde ich von meinen Kollegen geduzt und zweitens weiß ich es. Allerdings auch erst seit ein paar Minuten.«

»Willst du es mir verraten?«

»Ja. Der neue Chef steht vor dir. Ich komme am

Montag wieder.«

»Super. Ich hab schon so viel Gutes von dir gehört...«

Jetzt winkte Gisela ab und sagte:

»Nun lass mal gut sein. Wir kochen alle nur mit Wasser. Erzähl mir lieber, was du bis jetzt gemacht hast, wo du wohnst, ob du verheiratet bist – die ganze Schose. Ich will ja nicht mit einem Fremden arbeiten. Außerdem bin ich von Berufs wegen neugierig.«

Sie setzten sich beide an den Besuchertisch und Piet gab ihr geduldig Auskunft. Er stammte aus Lübeck, war aber vorher bei der Kripo in Hamburg gewesen. Er war weder verheiratet noch sonstwie gebunden.

»Ja, und ich bin auf der Suche nach einem Haus. Ich will in Kürze meine Wohnung in Hamburg aufgeben und hierher ziehen.«

»Was will ein Alleinstehender mit einem Haus?«

»Ich muss ja nicht immer allein bleiben. Außerdem habe ich die Schnauze voll von kleinen Wohnungen. Ich brauche Platz und Freiheit. Am liebsten außerhalb der Stadt.«

»Hm. Bei uns gegenüber, in Kleinbötelkamp, stehen zwei Häuser zum Verkauf. Superschön gelegen mit riesigen, verwilderten Gärten. Und das ganze zum absoluten Schnäppchenpreis.«

»Und wo ist der Haken?«

»Die Besitzerinnen sitzen im Knast und haben einen Makler beauftragt, die Häuser zu verkaufen. Die haben ihre Männer abgemurkst und im Garten vergraben. Deshalb will da keiner einziehen. Wenn du willst, gebe ich dir die Nummer des Maklers und du schaust dir die Häuser mal an. Eines von beiden wird dir sicherlich gefallen.«

Gisela hatte die Geschichte von den männermordenden Frauen so trocken erzählt, dass Piet aus dem Lachen nicht mehr herauskam. Natürlich hatte er von diesem Fall gehört. Die Zeitungen waren ja voll davon gewesen. Aber die Art, wie Gisela ihm jetzt davon berichtete, war göttlich. Er ließ sich die Telefonnummer des Maklers geben und wollte so schnell wie möglich einen Besichtigungstermin anberaumen.

Ihr Mann Klaus fiel zu Hause aus allen Wolken, als Gisela ihm von ihren beruflichen Absichten erzählte, hatte aber keinerlei Einwände. Insgeheim war er sogar froh. Er liebte seine Frau zwar tief und innig, aber vierundzwanzig Stunden pro Tag zusammen zu sein, war auf die Dauer etwas viel. Besonders, weil seiner Frau in letzter Zeit ganz offensichtlich die Arbeit fehlte. Wenn sie ein weiteres halbes Jahr zu Hause verbringen müsste, würde sie bestimmt einen Koller kriegen.

Am Abend kam Piet zu Gisela und bat sie, mit zur Besichtigung der Häuser zu kommen, was sie gern tat. Das Anwesen der männermordenden Frauen lag direkt gegenüber von ihrem. Das große, verwilderte Grundstück hatte eine anziehende Wirkung auf Piet. Natürlich würde man mal ein paar Sträucher stutzen müssen, aber im Grunde war es genau das, was er suchte. Als sie zu der Stelle kamen, wo die Frauen ihre Männer vergraben hatten, sagte Gisela:

»So, diese Stelle war als Familiengrab gedacht. Wenn du also vorhast, hier irgendjemanden zu verbuddeln, wäre das der geeignete Platz. Die Erde dürfte noch relativ locker sein.«

Der Immobilienmakler, ein smarter Typ von Anfang fünfzig, verzog das Gesicht. Denn bisher war es immer so gewesen, dass alle Interessenten sich an diesem Thema störten, dass sie trotz des niedrigen Preises einen Rückzieher machten. Piet juckte das nicht und antwortete:

»Das ist praktisch. Da ich aber im Moment niemanden umbringen will, könnte man hier natürlich auch einen Teich oder einen Swimmingpool anlegen.«

Auch das Haus war ganz nach seinen Vorstellungen. Unten ein großer Raum für Wohn-, Ess- und Arbeitsbereich, sowie die Küche, oben drei kleinere Zimmer und Bad. In einem Anbau plante er schon die Sauna ein. Als er dann den Preis hörte, sagte er:

»Gekauft.«

Der Makler wusste gar nicht, wie ihm geschah.

»Wollen Sie sich nicht auch das andere Haus nebenan anschauen?«

»Nein. Das hier ist mein Haus. Machen Sie den Kaufvertrag und einen Termin beim Notar. Nächste Woche wird hier renoviert, und spätestens in zwei Wochen ziehe ich ein. Der Preis passt in mein Budget, die Lage ist ein Traum, das Haus perfekt. Was will ich mehr?«

- 3 -

Seitdem Gisela der neue Boss war, lief es wieder rund. Achim hatte zunächst etwas gestutzt, als ihm seine junge Kollegin als neue Chefin von Kriminaloberrat Speck vorgestellt worden war, aber dann ging er wieder zur Tagesordnung über. Es kratzte zwar etwas an seinem Ego, dass man eine Sechsunddreißigjährige befördert hatte und nicht ihn, der stark auf die fünfzig zuging und schon zum Inventar gehörte. Auf der anderen Seite war er zurzeit einfach nicht belastbar. Das merkte er selber. Er nahm sich vor, Gisela keine Steine in den Weg zu legen, wenn sie ihn nur machen ließ und sich nicht aufspielte.

Für Piet Hermann war es eine großartige Zeit. Er hatte den richtigen Draht zu Gisela. Sie legte Wert auf seine Meinung und übertrug ihm die kniffligsten Fälle. Außerdem war sie seine Nachbarin. Vor drei Wochen war er im Haus gegenüber in dem Dörfchen Kleinbötelkamp eingezogen. Etliche Kumpels kamen, um ihm in einer schnellen Aktion beim Renovieren zu helfen. Das Häuschen war ein Traum, das Grundstück kam ihm vor wie ein Stück vom Paradies. Alter Baumbestand, viele Sträucher. Von der Straße aus konnte man nur aufgrund des Briefkastens erahnen, dass sich darauf ein Haus befand. Er freute sich jeden Tag darauf, abends nach Hause zu kommen und einfach nur zu genießen.

Ein Achtzehnjähriger fuhr an einem lauen Sommerabend mit seinem alten Golf ganz langsam vor Piets Haus und hielt Ausschau. Er stieg aus und ging zum Briefkasten. Da stand die Hausnummer 1 drauf und der Name »Piet Hermann«. Hier muss es sein, dachte er. Er hatte starkes Herzklopfen. Am liebsten hätte er sich wieder ins Auto gesetzt und wäre weggefahren. Aber jetzt gab es kein Zurück mehr. Wenn ich es jetzt nicht durchziehe, dachte er, dann wird es nie etwas. Außerdem war die Neugier stärker als die Angst und das flaue Gefühl im Magen. Und wenn es tatsächlich in die Hose gehen sollte, konnte er ja immer noch abhauen. Also öffnete er die Pforte und ging den Weg entlang. Er kam sich vor wie im Urwald. Hier mussten wohl dringend mal die Sträucher und Bäume beschnitten werden. Dann lag das Haus vor ihm, fast unscheinbar, da von allerlei Ranken bewachsen. Er nahm allen Mut zusammen und betätigte die Klingel. Scheiße, dachte er. Und wenn ich mich jetzt einfach umdrehe und abhaue? Oder ich seh mir den Typen kurz an und sage dann, ich hab mich vertan. Aber dann wurde die Tür geöffnet. Ein junger Mann, groß, blond, freundliches Gesicht, mit Shorts und T-Shirt bekleidet, stand vor ihm und sagte fragend:

»Hallo, was kann ich für dich tun?«

Ganz verdutzt starrte der Junge ihn an und brachte schließlich heraus:

»Äh, hallo. Ich suche Piet Hermann.«

»Da bist du richtig. Das bin ich.«

»Du bist Piet Hermann?«

»Ja. Wen hast du denn erwartet? Und wer bist du?«

Piet starrte den Jungen genauso an, wie dieser ihn die ganze Zeit musterte und wusste gar nicht, was er denken sollte.

»Äh, du kommst mir so jung vor. Ich hatte einen etwas älteren Piet erwartet.«

»Ich weiß nicht, ob es noch einen Piet Hermann gibt. Ich jedenfalls bin vierunddreißig Jahre alt und wohne seit kurzem hier. Vorher habe ich in Hamburg gewohnt. Kannst du mir vielleicht mal sagen, wer du bist und was du willst?«

»Ähm, ach so ein Mist. Natürlich bist du vierunddreißig. Nur in meiner Vorstellung hast du älter ausgesehen. Und dass du in Hamburg gewohnt hast, weiß ich auch. Da hab ich dich nämlich vorher gesucht. Die Sache ist so: Ich heiße auch Piet Hermann.«

Piet sah den Jungen an, als sei er der Mann vom Mond. Erst jetzt realisierte er, dass er mindestens genauso groß war wie er selbst, dass er mittellanges, blondes Haar hatte und feine Gesichtszüge. Er war genau wie er in Shorts und T-Shirt gekleidet und hatte einen Rucksack dabei.

»Also, bevor wir hier jetzt das große Rätselraten veranstalten, komm erst mal rein. Wir setzen uns hinterm Haus auf die Terrasse, trinken etwas... und dann gaaaaanz langsam.«

Der Junge kam herein. Sie gingen durch das große Zimmer auf die Terrasse mit einem herrlichen Blick ins Grüne und setzten sich auf die Gartenstühle. Piet holte Cola und Wasser. Der Junge entschied sich für Cola und trank die Dose in einem Zug leer. Erst jetzt hatte er gemerkt, dass er offenbar völlig ausgetrocknet war. Dann stützte Piet seine Ellbogen auf den Gartentisch und sagte:

»So, Piet Hermann oder wie du auch immer heißen magst, jetzt erzähl, was du von mir willst. Leg los. Ich höre zu.«

Der Junge holte noch einmal tief Luft und redete mit leiser Stimme:

»Die Sache ist die: Hast du vor neunzehn Jahren mal eine Frau gekannt, die Christine Stellmach hieß?«

»Was? Christine?«

Dann kam eine halbe Minute lang nichts, bis Piet eine Erleuchtung hatte.

»Ja. Als ich fünfzehn war, kannte ich eine Christine. Sie war aus Hannover. Ihren Nachnamen kannte ich gar nicht, beziehungsweise ich erinnere mich nicht an ihn. Ich weiß natürlich nicht, ob wir von derselben Christine reden. Deshalb musste ich eben erst mal nachdenken. Ich war mit ihr allerdings nur zwei Tage lang zusammen. Also, ich kannte sie eigentlich kaum, nur ganz oberflächlich. Wieso, was ist mit ihr?«

»Sie ist vor einem halben Jahr gestorben.«

»Oh, das tut mir leid. War sie deine Schwester?«

»Nein. Aber, so oberflächlich, wie du sagst, kann die Beziehung nun auch wieder nicht gewesen sein.«

»Was willst du damit sagen?«

»Was ich damit sagen will, ist, dass du mit ihr ein Kind gezeugt hast.«

Die Bombe war geplatzt. So direkt hatte er es gar nicht sagen wollen. Ebenso gut hätte er Piet mit der Faust vor die Birne hauen können. Und genauso war auch die Wirkung seiner Worte. Piet sprang auf, setze sich, sprang erneut auf, um einmal rund um den Tisch zu laufen und sich wieder zu setzen.

»Bist du verrückt geworden? Was für ein Kind? Ich habe keine Kinder.«

»Doch, du hast ein Kind.«

Piet glotzte den Jungen an und erwiderte dann:

»Das kann gar nicht...«

Jetzt starrte der Junge Piet an und dieser redete langsam weiter:

»Sie war meine erste, äh, mit ihr habe ich zum ersten Mal, du weißt schon. Sie war einundzwanzig und hat mich für mindestens achtzehn gehalten. Und dann ist es passiert. Aber nur ein einziges Mal.«

»Das hat offenbar gereicht«, gab der Junge zur Antwort. Es war ihm sofort peinlich, dass er das gesagt hatte.

»Und wo soll dieses Kind sein? Es muss ja heute, lass

mich rechnen, ungefähr achtzehn sein. Das ist doch total bekloppt. Wer bist du eigentlich, dass du mir solche Sachen erzählst?«

Der Junge schaute ängstlich zu Piet auf, der inzwischen wieder aufgesprungen war. Dann kramte er in seinem Rucksack und holte einen Brief heraus.

»Was ist das für ein Brief?«

»Ich habe meine Mutter jahrelang genervt, dass sie mir sagt, wer mein Erzeuger ist. Und sie hat immer gesagt, dass sie das nicht tun kann. Aber wenn ich achtzehn wäre, dann würde sie es mir sagen. Sie starb ein halbes Jahr vor meinem achtzehnten Geburtstag und ich dachte schon, ich würde nie erfahren, wer mein Vater ist. Aber dann kam genau an meinem Geburtstag vor zwei Wochen dieser Brief von einem Notar. Wenn du möchtest, kannst du ihn lesen.«
Er reichte Piet den handgeschriebenen Brief über den Tisch, der ihn aus dem Kuvert zog und sanft auseinanderfaltete, als befürchtete er, dass er sich in Luft auflösen könnte. Dann schaute er den Jungen an, musterte ihn. Und es dauerte noch eine ganze Minute, bis er begriff, dass da möglicherweise sein Sohn vor ihm saß. Dann las er.

Mein lieber Piet, mein großer Junge,
heute bist du achtzehn geworden. Leider kann ich diesen großen Tag nicht mehr mit Dir feiern. Aber ich werde trotzdem bei Dir sein. Nicht nur heute, sondern jeden Tag in Deinem Leben. Du wolltest immer wissen, wer Dein Vater ist. Dafür hatte ich auch immer Verständnis. Nur, ich konnte einem Kind einfach nicht erklären, was ich dir jetzt schreibe.

Als ich einundzwanzig war, besuchte ich meine Tante in Lübeck. Dort lernte ich einen ganz tollen Jungen kennen, in den ich mich in meinem jugendlichen Überschwang sofort verliebte. Er war groß und blond und eine tolle Erscheinung, genauso wie du heute. Wir haben zwei Tage und eine Nacht miteinander verbracht. Und dabei bist Du gezeugt worden, was ich natürlich erst einige Zeit später merkte. Als ich mich von Piet verabschiedete, wollten wir eigentlich unsere Adressen austauschen. Aber dann verriet er mir sein Alter. Ich hatte ihn für mindestens achtzehn gehalten, bis er mir erzählte, dass er erst fünfzehn war. Mir war klar, dass ich mich unmöglich verhalten hatte und dass es leichtfertig war, mich mit einem Jugendlichen einzulassen. Ich gab ihm also nicht meine Adresse und sagte ihm, dass das zwischen uns nichts werden könne.

Ich fuhr nach Hause und merkte zwei Monate später, dass ich schwanger war. Deine Großeltern wollten natürlich wissen, wer der Vater war. Aber ich habe es nie gesagt. Es war mir unmöglich, solch einem jungen Kerl eine Mitverantwortung für das Kind aufzudrücken und vielleicht sein Leben in eine Bahn zu lenken, die uns alle unglücklich gemacht hätte. Ich habe Dich allein großgezogen. Und aus Dir ist ein großartiger junger Mann geworden.

Trotzdem hast Du natürlich das Recht, Deinen Vater zu kennen. Deshalb nenne ich Dir seinen Namen: Er heißt Piet Hermann und wohnt, wie ich recherchiert habe, in Hamburg. Du hast also von Anfang an seinen Namen getragen. Nur, dass der große Piet mit Nachnamen Hermann heißt. Und du trägst seinen Nachnamen als zweiten Vornamen.

Wenn Du Dich entschließt, Kontakt zu ihm aufzunehmen, dann geh behutsam vor. Und sei nicht enttäuscht, wenn er Dich nicht mit offenen Armen empfängt. Es wird sicherlich einige Zeit dauern, bis er das alles überhaupt versteht. Und es gibt keine Garantie, dass er irgendwelche Gefühle für Dich entwickelt. Aber, was auch immer geschieht, Du wirst deinen Weg machen, das weiß ich.

Es liebt und umarmt Dich
Deine Mama

Piet faltete den Brief sorgsam wieder zusammen und legte ihn auf den Tisch. Dann stand er auf und ging langsam in Gedanken versunken in den Garten. Unter einer riesigen alten Trauerweide setzte er sich ins Gras. Der Junge überlegte währenddessen krampfhaft, was er tun sollte. Einfach wieder abhauen? Sitzen bleiben und warten, wie sein Erzeuger reagiert? Es sah nicht so aus, als würde er gleich zu ihm zurückkommen. Der Typ saß einfach nur da und starrte ins Gras. Mittlerweile hatte der Junge Zweifel, ob es richtig gewesen war, hierher zu kommen. Er hatte sogar Zweifel, ob der Typ wirklich sein Vater war. Vielleicht war das alles ein Irrtum, eine Verwechslung. Dann nahm er seinen Mut zusammen und ging auf Piet zu, der ihn zuerst gar nicht registrierte. Er setze er sich ihm gegenüber ins Gras. Als er Piet anschaute, sah er, dass ihm Tränen übers Gesicht liefen. Beide standen auf, und Piet legte dem Jungen eine Hand auf die Schulter.

»Wenn ich das gewusst hätte...«

»Das konntest du nicht wissen. Glaubst du, was meine Mutter geschrieben hat?«

»Warum sollte ich es nicht glauben? Es ist nur so unwirklich. Ich kann mir einfach nicht vorstellen, einen achtzehnjährigen Sohn zu haben. Der noch dazu so aussieht, wie ich ausgesehen habe. Du musst mir alles von dir erzählen. Hast du Zeit, hierzubleiben? Ich meine, ein paar Tage mindestens.«

»Es sind Ferien und ich habe nichts vor. Außerdem muss ich mein Leben jetzt sowieso neu ordnen. Ich weiß noch gar nicht, wie es weitergeht. Ich habe gegen den Willen meiner Großeltern die Wohnung meiner Mutter übernommen, obwohl ich noch nicht achtzehn war und noch zur Schule gehe.«

»Äh, Piet. Mensch, ist das komisch, jemanden mit Piet anzureden, wenn man selbst so heißt. Also, Piet, wir sollten Nägel mit Köpfen machen. Was hältst du davon, einen DNA-Test zu machen. Danach könnte ich die Vaterschaft offiziell anerkennen. Das macht im Leben einiges leichter. Selbstverständlich kannst du bei mir wohnen und hier zur Schule gehen. Lass uns in den nächsten Tagen alles in Ruhe bereden.«

»Gerne. Nur eines sollte klar sein: Ich bin volljährig und bestimme über mich selbst. Nicht, dass du auf die Idee kommst, mich noch erziehen zu wollen.«

Vater Piet grinste seinen Sohn an und klopfte ihm auf die Schulter.

Am nächsten Morgen nahm Piet den jungen Piet mit nach Lübeck. Mittags traf er sich mit dem Jungen, um einen Arzt für Humangenetik aufzusuchen. Nach Dienstschluss trafen sie sich wieder und fuhren nach Kleinbötelkamp.

Die folgenden Tage waren geprägt von langen Gesprächen, dem Auskundschaften gemeinsamer Interessen und Anschauungen. Jeder der beiden musste alles von sich erzählen. Am Samstag bereitete Piet gerade das Frühstück, als der Junge mit einem Brief kam, den er aus dem Kasten geholt hatte. Absender: Der Arzt für Humangenetik.

»Soll ich ihn aufmachen? Oder willst du?«

»Mach auf. Nein, lass mich. Ach, mach, was du willst.«

Schließlich öffnete der Junge den Brief und sagte lächelnd zu Piet:

»Jetzt kannst du dich nicht mehr herausreden, Daddy.«
Piet riss seinem Sohn den Brief aus der Hand und studierte dessen Inhalt. Dann umarmte er seinen neu gewonnenen Sohn so heftig, dass dieser kaum noch Luft bekam.

Am Abend rief Gisela an:

»Sag mal, Piet, hast du Lust, zu uns rüber zu kommen? Wir wollen den Grill anschmeißen. Es ist so ein herrlicher Sommerabend.«

»Gerne, wenn du nichts dagegen hast, dass ich meinen Sohn mitbringe.«

»Was? Wie? Du hast einen Sohn? Ich dachte, du...äh, ach egal, was ich dachte. Natürlich. Unser Sohn schläft auch noch nicht. Vielleicht können die beiden ja zusammen..., äh, wie alt ist denn dein Sohn?«

»Das wirst du gleich sehen. Aber lass doch die Kinder ruhig zusammen spielen«, rief er lachend.

Dann schnappte sich Piet eine Flasche Wein und er und sein Sohn gingen zu Gisela und Klaus, die den Grill bereits angeheizt hatten. Als Gisela den jungen Mann in Piets Begleitung sah, dachte sie: Verdammt, ich hab doch geahnt, dass er schwul ist. Bringt seinen jugendlichen Liebhaber mit. Piet stellte den Jungen vor als Piet junior, ohne dass Gisela dies überhaupt richtig mitbekam. Als sie alle am Tisch saßen, fragte Gisela:

»Wo ist denn nun dein Sohn? Schläft er schon?«

Schmunzelnd erwiderte er:

»Nein, er sitzt dir direkt gegenüber.«

- 4 -

Lilly kommt! Ach, wie ich mich freue, dachte Gisela, als sie den Telefonhörer aufgelegt hatte. Denn wo Lilly auftaucht, ist immer was los. Mal sitzt eine Leiche in ihrem Garten, mal verprügelt sie einen Mafioso. Ein andermal stutzt sie einen Staatsanwalt in einer Gerichtsverhandlung so zusammen, dass er in eine Hutschachtel passt. Aber bereits die ganz normale Konversation mit ihrer Freundin Lilly ist ein Vergnügen. Lilly Höschen (man spreche es aus wie *Hö-schen* mit kurzem *»ö«*, um Gottes Willen nicht wie *Hös-chen*), die mittlerweile dreiundachtzigjährige Oberstudienrätin a.D. ist ein Original der besonderen Art. Sie wünscht, mit *Fräulein* angeredet zu werden. Wer ihr dumm kommt, muss schon mal mit einer handfesten Beleidigung rechnen. In ihrer Heimat im Oberharz ist sie bekannt wie ein bunter Hund. Wer ihr nicht wohlgesonnen ist, wechselt schnell die Straßenseite, wenn er ihr begegnet. Ihr Haus in dem Bergstädtchen Lautenthal thront geradezu über dem Ort. Als Gisela das letzte Mal dort war, hatte Lilly gerade einen dringend gesuchten Mörder mit einer alten Standuhr unschädlich gemacht und ihn an einen Stuhl gefesselt. Man könnte meinen, dass sie Verbrechen geradezu riecht. Wie will man es sich sonst erklären, dass sie auf dem Grundstück, das jetzt Piet gehört, zwei Leichen ausgegraben hat? Gisela war ganz aufgeregt und erzählte Klaus die Neuigkeit, der ganz trocken antwortete:

»Dann leg schon mal Pistole und Handschellen bereit. Bei Lilly muss man auf alles gefasst sein.«

Am selben Abend fuhr neben dem Haus, das Piet jetzt mit seinem Sohn bewohnte, ein Möbelwagen vor. Vier Männer hievten Möbelstück für Möbelstück sowie einen Umzugskarton nach dem anderen ins Haus. Eine schwarzhaarige, schlanke Frau kommandierte die Männer. Erst nach Mitternacht war die Arbeit getan, und der Möbelwagen fuhr weg. Zurück blieb der Audi der neuen Hausbesitzerin.

Am nächsten Morgen gab es eine Dienstbesprechung, die von Gisela geleitet wurde. Neben Achim, Piet und den drei jungen Kolleginnen waren auch ein paar Uniformierte dabei, die Gisela angefordert hatte. Es ging darum, eine Gegend in Lübeck unter Kontrolle zu kriegen, in der in letzter Zeit reger Handel mit Rauschgift stattfrand. In diesem Zusammenhang hatte es auch einen Mordversuch gegeben. Man hatte keine Anhaltspunkte, und Gisela wollte sich erst mal ein Bild machen, was dort eigentlich lief.

»Also, ich möchte, dass das Haus Nr. 5 überwacht wird. Außerdem soll die ganze Straße im Auge behalten werden. Es sollen ständig mindestens zwei Leute in Zivil vor Ort sein. Und die Polizei soll Streife gehen.«

Jetzt sah sie die beiden Uniformierten an, eine junge Frau und einen Mann mittleren Alters, der entgegnete:

»Wäre es nicht besser, wenn wir unsere Uniformen auch ablegen?«

Gisela machte ein abwägendes Gesicht und antwortete dann ganz trocken:

»Wenn ihr meint, dass ihr in Unterwäsche erfolgreicher seid, meinetwegen.«

Natürlich hatte sie die Lacher auf ihrer Seite.

»Mensch, ich mein doch, ob es nicht besser wäre, in Zivil rumzulaufen. Sonst denken die Leute, die wir observieren,…«

»Ich weiß, Michael. Nur, ich konnte mir jetzt gerade diesen blöden Witz nicht verkneifen. Also, lauft ruhig in Uniform rum. Es ist doch völlig normal, wenn ab und zu mal die Polizei dort langgeht. Es gab einen versuchten Mord. Das ist auch in den Augen derjenigen, die wir meinen, Grund genug, Polizeipräsenz zu zeigen. Würden wir das nicht tun, wüssten die bösen Buben, dass wir in Zivil da sind. Wenn sie ab und zu Uniformierte sehen, denken sie wahrscheinlich, dass das alles ist, was wir aufzubieten haben, und lassen sich in ihrem Treiben nicht weiter stören.«

Alle nickten oder murmelten Zustimmung. Nur Achim saß völlig in sich gekehrt da und tat so, als ginge ihn das alles nichts an.

Am Abend traf Lilly ein. In ihrem rosa Overall, offenbar ein Relikt aus den siebziger Jahren, sah sie aus, als sei sie mit einer Zeitmaschine angereist. Wie ein Wirbelwind nahm sie Haus und Hof in Beschlag, herzte das Baby, erzählte die neuesten Nachrichten aus dem Harz und erkundigte sich nach den Nachbarn in Kleinbötelkamp.

»Und wie geht es Freddy von nebenan?«, fragte sie Gisela.

»So wie immer, denke ich. Er geht seinen Geschäften nach, wobei ich gar nicht weiß, was er eigentlich macht. Vielleicht will ich es auch gar nicht wissen. Aber ich hatte keine Ahnung, dass du Freddy bei deinem letzten Besuch so gut kennengelernt hast.«

»Das solltest du ja auch gar nicht. Aber jetzt, wo der Prozess gegen die männermordenden Frauen gelaufen ist, kann ich es dir ja sagen. Freddy gehörte zu meinen Helfern beim Ausgraben der Leichen.«

»Lilly! Wie konntest du nur? Ausgerechnet Freddy. Wenn das sein Bruder erfährt!«

»Genau das war ja der Grund. Weder sein Bruder, der Polizist, noch du oder sonst irgendjemand sollte davon erfahren. Es ist doch alles geklärt. Die Leichen sind ausgegraben, die Mörderinnen sitzen im Gefängnis, und so hat nun alles seine Ordnung. Warum müsst ihr Polizisten und Juristen eigentlich immer alles so genau wissen und künstlich verkomplizieren? Ist doch völlig egal, wer die Leichen ausbuddelt hat. Viel interessanter ist, wer sie dort eingebuddelt hat.«

»Oh, Lilly, lass bloß dieses Thema ruhen.«

»Tu ich doch. Und wer wohnt jetzt in den Häusern der Gattenmörderinnen?«

»Gegenüber wohnt mein Kollege Piet mit seinem Sohn. Und nebenan ist eine Frau eingezogen, die ich noch gar nicht kennengelernt habe.«

»Ach, du meine Güte. Noch ein Polizist. Du, Freddys Bruder und jetzt auch noch der Kollege Piet. Drei Polizisten in einer Straße mit vier Häusern. Na, da kann ja nichts mehr passieren.«

Dein Wort in Gottes Ohr, dachte Gisela. Wo du aufkreuzt, kann alles passieren.

Piet führte an diesem Abend ein langes Telefonat mit seinem früheren Kollegen Dennis, mit dem er bei der Kripo in Hamburg zusammengearbeitet hatte. Natürlich wollte er wissen, wie es ihm an seinem neuen Arbeitsplatz gefiel. Und als Piet ihm von seinem neu gewonnenen Sohn berichtete, fiel er aus allen Wolken.

»Der eigentliche Anlass meines Anrufes ist, dass ich dir sagen wollte, dass der Vater des Jungen, den du vor zwei Jahren wegen Mordes hinter Gitter gebracht hast, umgebracht wurde.«

»Was? Der Vater von Moritz Blumberg? Gibt es da einen Zusammenhang mit dem Verbrechen seines Sohnes? Rache vielleicht?«

»Du stellst Fragen. Wir ermitteln in verschiedene Richtungen. Wenn der Fall geklärt ist, kann ich dich gern informieren.«

Der achtzehnjährige Moritz Blumberg war vor zwei Jahren wegen eines grauenvollen Mordes an einem fünfzehnjährigen Mädchen zu zehn Jahren Jugendstrafe verurteilt worden. Er hatte zwar stets seine Unschuld beteuert. Aber die Beweislast war einfach zu groß gewesen. Einige Zeit nach dem Prozess hatte er sich in der JVA dann das Leben genommen. Und nun war sein Vater ermordet worden. Piet kannte den Vater von Vernehmungen her. Er hatte es zwar nicht ausgesprochen, aber seinem Verhalten nach zu urteilen, war Piet der Meinung, dass er seinen Sohn für schuldig gehalten hatte. Im Gerichtssaal hatte der Vater des ermordeten Mädchens lauthals Rache angekündigt, nachdem Moritz Blumberg nach Jugendstrafrecht verurteilt worden war. Piet konnte das Geschrei heute noch hören: *Ich bringe dich um und deine ganze Sippe, deinen bescheuerten Vater gleich mit. Und Sie, Herr Richter, sollten auch schon mal Ihre Tage zählen.* Als Piet ihn wegen dieser Drohung am nächsten Tag aufsuchte und ihm erklärte, dass das Urteil aufgrund des Jugendstrafrechts in Ordnung sei, schloss er ihn in den Kreis der Schuldigen ein: *Sie sind auch nicht besser als dieser Mörder und sein Vater und der Richter. Ihr steckt alle unter einer Decke. Das werdet ihr noch bereuen.* Piet schrieb diese Reaktion damals dem Schmerz zu, der ihn zu solchen hasserfüllten, zornigen Äußerungen getrieben hatte. Er war sich mit dem Staatsanwalt einig, nichts weiter zu unternehmen. Ein Vater, der ein Kind auf diese Weise verliert, kann nun mal austicken. Ein Verfahren gegen den Mann, der eine Tochter durch Mord verloren hatte, wäre auch in der Öffentlichkeit nicht gut angekommen.

»Und wie wurde er umgebracht?«, fragte Piet.

»Gift.«

»Gift? Das hört sich ja nicht gerade nach dem rachedürstigen Vater des Opfers an, sondern eher nach einer Frau. Kann es auch Selbstmord gewesen sein?«

»Nein, dann hätte er das Gift direkt ins Glas getan. Es war aber in der Flasche, die wohl jemand präpariert hat. Wie auch immer. Du hast damit ja nichts mehr zu tun. Ich wollte dich rein interessehalber informieren. Ansonsten kannst du jetzt deine eigenen Fälle lösen, wenn denn in Lübeck und Umgebung überhaupt Verbrechen geschehen.«

- 5 -

Es war Samstag und ein Sommertag wie aus dem Bilderbuch. Gisela hatte Lust auf Gesellschaft. Und Lilly, die zu Besuch war, mochte auch gern etwas Trubel. Also ging sie nach nebenan, um Fiete und Freddy, die beiden Brüder, zu fragen, ob sie Lust hätten, den Abend mit ihnen im Garten zu verbringen. Es war zwar schon elf Uhr, aber Freddy kam halb angezogen an die Tür.

»Heute Abend? Ja, ich hab sowieso nichts vor. Und Fiete schläft noch, der hatte Nachtschicht. Aber er kommt bestimmt gern.«

Dann ging sie rüber zum Haus der neu eingezogenen Dame, die sie noch gar nicht kennengelernt hatte. Diese öffnete auch gleich und sah Gisela erstaunt lächelnd an.

»Hallo, ich bin Gisela, Ihre Nachbarin von schräg gegenüber. Ich wollte Sie willkommen heißen und fragen, ob Sie heute zu uns kommen können. Wir sind ja hier nur vier Nachbarn auf der Straße. Es wäre schön, wenn mal alle zusammen wären.«

»Oh, das ist nett. Ja, gern. Vielen Dank für die Einladung. Ich hatte noch gar keine Zeit, mich vorzustellen. Das hätte ich in den nächsten Tagen nachgeholt. Ich heiße Sabine Schauberg.«

Die neue Nachbarin war eine Frau von Mitte vierzig, klein und schlank, mit einem verlebten Gesicht. Ihr Strahlen wirkte irgendwie künstlich. Wer weiß, was sie schon alles hinter sich hat, dachte Gisela.

Zuletzt ging sie nach nebenan, zu Piet und Piet, die gerade damit beschäftigt waren, die Sträucher am Haus zu stutzen. Ja, auch sie wollten gern kommen. Na, das ist ja ein Erfolgserlebnis, dachte Gisela.

Am Abend ging es in Giselas Garten ziemlich ausgelassen zu. Freddy und Fiete hatten Bier mitgebracht, die beiden Piets ein paar Flaschen Wein, und Sabine, die neue Nachbarin, hatte einen tollen Salat gemacht. Klaus durfte am Grill stehen, während Lilly, die sich in dieser Gesellschaft pudelwohl fühlte, die Gäste mit skurrilen Geschichten aus dem unerschöpflichen Fundus ihres langen Lebens unterhielt:

»Ich gehe also zum Finanzamt, um mich zu beschweren, stehe da wie bestellt und nicht abgeholt und kein Mensch kümmert sich um mich. Ein Mann in den Fünfzigern meckert mit den Leuten herum und spielt sich auf, während ich geflissentlich ignoriert werde. So allmählich wurde mir das aber zu bunt und ich haute mit der flachen Hand dreimal kräftig auf den Tresen. Da schaut mich dieser Mensch an, als hätte ich ein Sittlichkeitsverbrechen begangen und meinte, ich solle mich doch gefälligst gedulden. *Gefälligst* hat er gesagt, als ob ich unter seinem Kommando stünde. Da habe ich ihn gefragt: Sie sind wohl hier der Oberkalfaktor? Er sieht mich ganz entsetzt an und meint, er sei der Direktor. Natürlich entgegnete ich ihm, dass er sich dann auch mal wie ein Direktor benehmen sollte und nicht wie ein Vollidiot. Daraufhin rastete er ganz aus und befahl mir, das Haus zu verlassen. Als ich mich weigerte, wollte er mich doch tatsächlich am Arm packen. Ich drohte ihm Ohrfeigen an für den Fall, dass er mich berührt. Dann verließ er den Raum und brüllte ständig etwas von Konsequenzen. Die einzige Konsequenz war, dass sich seine Mitarbeiter halb totgelacht haben, als er weg war, und mich dann vorzüglich bedienten.«

Lilly hatte natürlich mal wieder die Lacher auf ihrer Seite. Als es einen Moment still war, weil selbst Lilly mal Luft holen musste, fragte Gisela die neue Nachbarin:

»Und wo kommst du her? Und was führt dich nach Schleswig-Holstein?«

Sabine schien abzuwägen, was sie sagen sollte, besann sich dann aber, weil sie merkte, dass alle zuhörten:

»Tja, ich bin in der Welt herumgereist und wollte nun mal langsam zur Ruhe kommen. Und Ruhe kann man hier ja wirklich finden. Ich habe keine Familie mehr. Deshalb kann ich machen, was ich will. Diesen Ort habe ich aus Zufall entdeckt und mich sofort in die Abgeschiedenheit verliebt. Aus meinem früheren Leben habe ich nicht viel zu erzählen. Ich lasse die Vergangenheit ruhen und konzentriere mich auf die Gegenwart.«

Es war allen klar, dass Gisela mit ihrer Frage einen wunden Punkt getroffen hatte. Sabine wollte nicht mehr über sich preisgeben. Oder sie konnte nicht.

Der Abend endete sehr harmonisch. Als alle gegangen waren und Gisela in der Küche die Spülmaschine einräumte, meinte Lilly:

»Deine neuen Nachbarn Piet und Piet sind ja zwei ganz zauberhafte Menschen. Aber Nachbarin Sabine ist sehr merkwürdig, gelinde gesagt. Sie hat eine unruhige Seele. Oder ein paar Leichen im Keller.«

»Oh Lilly«, sagte Gisela lachend, »bitte grabe nicht schon wieder nach Leichen. Mir reichen noch die Leichen von deinem letzten Besuch hier.«

»Aber Gisela, Mädchen, du kannst doch nicht die Augen vor der Wirklichkeit verschließen. Ich werde die Dame jedenfalls mal etwas unter die Lupe nehmen, solange ich hier bin.«

Am nächsten Morgen saßen Gisela, Klaus und Lilly im Garten und frühstückten. Bei diesem prachtvollen Wetter in dieser Idylle zu sitzen, war einfach grandios. Die einzige Unterbrechung der Ruhe war, als Sabine von schräg gegenüber mit ihrem Auto vorbeifuhr und freundlich winkte. Piet und Piet fuhren später an den Ostseestrand, um das herrliche Badewetter auszunutzen. Von Fiete und Freddy nebenan hörte und sah man nichts. Wahrscheinlich dösten sie den Tag über vor sich hin.

Abends rief Dennis von der Hamburger Kripo wieder bei Piet an:

»Piet, du glaubst ja nicht, was hier los ist.«

»Erzähl es mir, dann werde ich entscheiden, ob ich dir glaube.«

»Ich hab dir ja gesagt, dass der Vater von Moritz Blumberg umgebracht wurde. Und jetzt halt dich fest. Heute Nachmittag wurde der Richter, der ihn damals verurteilt hat, erschossen.«

Jetzt musste Piet sich erst mal hinsetzen.

»Piet, du solltest dir Gedanken machen. Wenn du dich an die Drohung erinnerst, die der Vater des Opfers damals im Gerichtssaal gemacht hat, dann wollte er Moritz, seinen Vater und den Richter umbringen. Und dir hat er am nächsten Tag auch gedroht.«

»Und was ist mit dem Mann? Habt ihr ihn festgenommen?«

»Nein, angeblich ist er im Urlaub. Und kein Mensch weiß, wo er steckt. Also, sei darauf gefasst, dass du dich in akuter Gefahr befindest. Und pass auch auf deinen Sohn auf. Es kann theoretisch auch Zufall sein, dass die beiden Männer so kurz nacheinander umgebracht wurden. Und der Verdächtige kann wirklich im Urlaub sein und gar nichts mit der Sache zu tun haben. Aber an derartige Zufälle glaube ich nicht.«

»Aber Dennis, ich kann mir nicht vorstellen, dass der Mann, der damals voller Hass und berechtigtem Zorn war, sich einen solchen Racheakt so lange aufhebt.«

»Piet, du weißt doch nicht, ob der Mann sich jemals von dieser ganzen Sache wieder erholt hat. Vielleicht haben Hass und Schmerz sich in ihn hinein gefressen. Das gärt dann jahrelang. Aber irgendwann kommt es zur Explosion.«

»Dennis, schalte erst mal einen Gang runter.«

»Piet, ich wiederhole es: Du bist in Gefahr.«

- 6 -

Am nächsten Morgen war Lilly früh aufgestanden und hatte für alle Frühstück gemacht. Gisela, die um die Zeit normalerweise kaum etwas aß, hatte in Gesellschaft richtig Appetit. Klaus las in der Tageszeitung, bis er von einem plötzlichen Lachkrampf geschüttelt wurde. Gisela und Lilly sahen sich an und wunderten sich. Klaus war unfähig zu sprechen, deutete aber mit dem Finger auf eine Familienanzeige. Lilly nahm die Zeitung und las mit ernster Stimme laut vor:

Wer noch einmal behauptet, dass der Hans, der Jens und ich es mit der Melanie in ihrer Scheune in Kleinbötelkamp treiben und dass die Melanie geschlechtskrank ist, der kriegt es mit uns zu tun und wir erstatten Anzeige wegen Verleumdung.
Wir drei

Lilly sah auf, schaute Gisela an, dann Klaus, um schließlich in ein haltloses Gelächter auszubrechen. Als sie sich wieder beruhigt hatte, sagte sie:

»Und ich dachte immer, im Harz würden die komischsten Leute wohnen. Aber das hier ist wirklich die blödeste Provinzposse, die ich je gelesen habe.«

Vergnügt machte Gisela sich auf den Weg zur Arbeit. Ein paar Minuten später fuhr auch Piet von gegenüber los.

Als Piet seiner Chefin Gisela im Büro von den Hamburger Morden berichtete, war sie ganz außer sich vor Sorge.

»Sag mal, wo ist dein Sohn? Du hast ihn doch wohl nicht allein im Haus gelassen?«

»Nun bleib mal ruhig. Natürlich ist er zu Hause. Und er weiß Bescheid, dass er in Gefahr sein könnte.«

Jetzt sprang Gisela auf und brüllte:

»Mensch, Piet! Bist du verrückt geworden? Wie soll denn ein Achtzehnjähriger mit einem psychopathischen Mörder zurechtkommen? Glaubst du etwa, dass der sich abschrecken lässt, nur weil die Tür nicht aufgemacht wird?«

Piet war ganz erschrocken angesichts Giselas Hysterie. Frauen!, dachte er. Nein, noch schlimmer: Mütter!

»Gisela, reg dich ab.«

»Nein, tu ich nicht. Du rufst jetzt deinen Sohn an, dass er gleich von Lilly abgeholt wird. Und ich rufe Lilly an. Außerdem soll dein Haus bewacht werden. Jeder, der dein Grundstück betritt, wird unter die Lupe genommen.«

»Mein Gott, Gisela! Ich glaub es ja nicht.«

Er hatte es noch nicht ganz ausgesprochen, als er seine Telefonnummer wählte. Es klingelte und klingelte. Nun geh schon ran, dachte er. Aber es wurde nicht abgenommen. Dann wählte er die Handynummer seines Sohnes und er stellte fest, dass das Gerät ausgeschaltet war. Mist, verdammter!

»Also, Gisela, er geht nicht ran. Das muss aber nichts heißen. Vielleicht schläft er noch. Er hat schließlich Ferien.«

Jetzt hatte Gisela Lilly an der Strippe.

»Lilly, schau mal aus dem Küchenfenster. Wie viele Autos stehen vor Piets Haus?«

»Zwei. Das Auto von dem kleinen Piet und ein alter Toyota. Als ich vorhin einen Rundgang gemacht habe, stand es schon da. Es hat eine Hamburger Nummer.«

»Mein Gott! Lilly, bitte bleib am Fenster, bis ich da bin. Es ist möglich, dass Piet junior in Gefahr ist. Wenn du irgendjemanden von dem Grundstück kommen siehst oder irgendetwas passiert, rufst du mich bitte sofort auf meinem Handy an. Ich springe jetzt ins Auto und fahre los.«

»Gisela, Mädchen, was ist denn los? Warum soll Piet junior in Gefahr sein?«

»Ich erkläre dir alles später, Lilly. Bitte, tu einfach, was ich dir gesagt habe.«

Blaulicht an und los. Gisela fuhr wie der Teufel. Piet wurde auf dem Beifahrersitz ganz übel. Kurz vor Kleinbötelkamp rief sie Lilly auf ihrem Handy an.

»Irgendwas Neues, Lilly?«

»Es ist alles in bester Ordnung, Gisela.«

»Ist jemand aus dem Haus gekommen?«

»Nein.«

»Gut, bleib wo du bist.«

»Aber, Gisela, mach doch nicht solch einen Terror. Ich sagte, es ist alles in Ordnung.«

»Ich hör jetzt auf. In zwei Minuten bin ich da.«

»Gisela, bist du schwerhörig? Ich sagte, es ist alles in… aufgelegt. Mein Gott, warum können die Menschen nicht zuhören?«

Mit quietschenden Reifen hielt Gisela vor Piets Haus. Sie sprangen aus dem Wagen und zückten ihre Pistolen. Piet schloss die Tür auf und ging, auf das Schlimmste gefasst, mit vorgehaltener Waffe, ins Wohnzimmer, während Gisela den nur halb abgetrennten Küchenbereich auf die gleiche Weise inspizierte. Dann fiel ihre Kinnlade herunter. Da saßen am Küchentisch, fröhlich plaudernd, Lilly, Piet junior und ein junges Mädchen. Schnell nahm sie die Waffe runter und rief ihren Kollegen Piet. Als er mit vorgehaltener Waffe kam, sagte Lilly ganz trocken zu den beiden jungen Leuten:

»Ab und zu sollte man wirklich mal nachzählen.«

»Was nachzählen?«, fragte das junge Mädchen.

»Na, die Tassen, ob sie wirklich noch alle im Schrank stehen. Ich habe versucht, Gisela zu erklären, dass alles in Ordnung ist. Und dann stürmt sie hier wie ein wildgewordener Handfeger herein, mit Piet im Schlepptau. Durch einfaches Zuhören hätten sie sich diese Aufregung ersparen können.«

Gisela war zwar ein riesiger Stein vom Herzen gefallen, aber sie war auch wütend, und Piet fragte seinen Sohn gereizt:

»Warum bist du nicht ans Telefon gegangen?«

Dieser sah ihn ganz unschuldig an und antwortete:

»Ich habe es in meinem Zimmer nicht gehört.«

»Und warum stellst du dein Handy aus?«

»Der Akku war leer.«

»Darf ich auch erfahren, wer die junge Dame ist?«

»Ja, das ist Viola, eine Freundin aus Hamburg. Hast du etwas dagegen, dass ich hier Damenbesuch empfange?«

»Nein, aber ich dachte, es sei klar, dass du die Tür nicht öffnest.«

»Mensch, jetzt bleib mal auf dem Teppich, Alter. Ich habe schließlich vom Fenster aus gesehen, dass es Viola war. Soll ich sie etwa vor der Tür stehen lassen?«

»Ach, Scheiße. Ich glaube, mir sind die Nerven durchgegangen. Entschuldigt diesen Auftritt. Erst mal herzlich willkommen, Viola.« Piet reichte dem Mädchen, das ganz ängstlich dreinschaute, die Hand.

Nun setzten sich Gisela und Piet an den Tisch, und Lilly schenkte ihnen Kaffee ein. Natürlich konnte sie sich eine spitze Bemerkung nicht verkneifen:

»So viel Aufregung um nichts. Ihr seid mir schon zwei Superbullen.«

Dann läutete das Handy von Piet senior.

»Dennis, was ist los?«

»Gute Nachrichten. Wir haben den mutmaßlichen Täter gefasst. Also, erst mal Entspannung.«

Gisela fiel ein weiterer Stein vom Herzen. Jetzt schaute Piet junior ganz vergnügt seinen Vater an und meinte:

»Na, wenn das so ist, dann kann Viola ja ein paar Tage hierbleiben.«

»Gut. Dann richte das Gästezimmer her.«

Lächelnd gab er zur Antwort:

»Ist nicht nötig. Wir passen beide in mein Bett.«

»Oh.«

»Nichts oh. Es soll schon Fünfzehnjährige gegeben haben, die das Bett mit einer Frau teilten.«

Piet senior grinste, und Lilly klatschte vor Wonne lachend in die Hände.

»Besser hätte ich es auch nicht ausdrücken können, kleiner Piet.«

- 7 -

Abends fühlte Gisela sich ausgelaugt. Die Sorge um den kleinen Piet, der ganze Stress, den sie unnötigerweise gemacht hatte. Dann fing auch noch ihr kleiner Sohn an zu quengeln, der den ersten Zahn bekam. Nur gut, dass Klaus so ein geduldiger Mann ist, dachte sie. Lilly zog sich zurück, nachdem sie gemerkt hatte, dass ihre Freundin heute nicht gut drauf war. Naja, morgen geht es mit frischer Kraft wieder zu neuen Taten. Sie hatte sich diesen Job ja selbst ausgesucht, statt ihr Babyjahr bis zum Ende zu genießen.

Am nächsten Morgen kam Piet nicht zur Arbeit. Als er gegen zehn Uhr immer noch nicht an seinem Platz war, überlegte sie intensiv, ob er vielleicht einen Außentermin haben könnte, den sie vergessen hatte. Aber ihr fiel nichts ein. Sie rief auf seinem Handy an. Er nahm nicht ab. Dann rief sie seine Festnetznummer an, und Piet junior meldete sich.

»Ich weiß nicht, wo mein Erzeuger steckt«, sagte er. »Ich bin gerade erst aufgestanden und habe keine Ahnung. Komisch ist, dass sein Handy hier liegt. Warte mal, ich geh mal kurz raus und schau nach, ob sein Auto da ist.«

Eine halbe Minute später war er wieder da und sagte:

»Sein Wagen steht in der Einfahrt. Also muss er hier irgendwo stecken.«

»Merkwürdig«, sagte Gisela. »Heute ist doch ein ganz normaler Arbeitstag. Wenn du ihn gefunden hast, sag ihm bitte, dass er mich anrufen soll.«

Piet ging zusammen mit seiner Freundin, die inzwischen auch aufgestanden war, durch den Garten. Sie schauten auch auf dem Nachbargrundstück nach, wo jetzt Sabine wohnte. Nichts. Also gingen sie über die Straße zu

Giselas Haus. Lilly öffnete freundlich überrascht. Aber von Piet senior hatte sie heute noch nichts gesehen oder gehört. Nebenan öffnete Freddy völlig verschlafen die Tür. Er hatte auch keine Ahnung. Als er nach einer Stunde immer noch nicht aufgetaucht war, rief Piet junior bei Gisela an und informierte sie.

Gisela war ratlos. Das war ja mehr als merkwürdig. Aber nach ihrer gestrigen Überreaktion in Bezug auf den jungen Piet wollte sie heute nicht schon wieder so aufdrehen. Sie wartete bis mittags ab, rief noch mal bei Piet junior an, der mittlerweile auch etwas unruhig war. Dann beschloss sie, Piets alten Kollegen Dennis in Hamburg anzurufen.

»Tja, Frau Kollegin. Wir konnten den Mann, den wir verdächtigt hatten, gestern Abend festnehmen. Wir haben ihn heute Nacht verhört und alles überprüft. Er ist nicht der Täter. Sein Alibi ist wasserdicht. Er war tatsächlich im Urlaub. Und er scheint sich auch wieder beruhigt zu haben. Von Rachsucht keine Spur.«

»Das gibt es doch nicht. Ich mache mir seit ein paar Stunden Sorgen um Piet. Er ist nicht zur Arbeit gekommen; er ist nicht zu Hause, obwohl sein Wagen vorm Haus steht. Ich habe keine Ahnung, wo er steckt oder was mit ihm ist. Ich glaube, ich fange jetzt an, die Krankenhäuser abzuklappern.«

»Na, das ist ja seltsam«, meinte Dennis. »Also, um bei unseren Ermittlungen zu bleiben – wir verfolgen noch eine andere Spur.«

»Und zwar?«

»Wir wissen, dass die Mutter von Moritz Blumberg – das ist der Bengel, der sich in der Haft umgebracht hat, zurzeit in Deutschland ist. Es ist zwar nur eine ganz vage Idee, dass sie ihren geschiedenen Mann und den Richter getötet haben könnte, aber wir suchen diese Frau.

Vielleicht kommen wir über sie irgendwie weiter. Auf jeden Fall scheint Piet jetzt erst mal aus der Schusslinie zu sein. Denn weitere Drohungen gegen ihn liegen ja nicht vor. Der Mann, den wir in Verdacht hatten, ist, wie gesagt, völlig unschuldig.«

»Okay, danke, Dennis. Jetzt muss ich nur noch Piet finden, dann geht´s mir wieder gut.«

»Der wird sich schon wieder einfinden. Viel Glück. Wenn er wieder auftaucht, soll er mich mal anrufen. Tschüß.«

Gisela ließ eine Mitarbeiterin alle in Frage kommenden Krankenhäuser in der Region abtelefonieren, ohne Ergebnis. Dann rief sie noch mal Dennis an:

»Ich schon wieder. Könntet ihr mal recherchieren, ob es außer dem Fall Moritz Blumberg noch irgendwelche anderen Gemeinsamkeiten zwischen dem ermordeten Richter und Piet gegeben hat?«

»Also, liebe Kollegin, darauf sind wir auch schon gekommen. Ich habe zwei Mitarbeiter drangesetzt, die die alten Akten genau daraufhin prüfen. Ich kann Sie gerne auf dem Laufenden halten.« Sein Ton war etwas gereizt. Offenbar hielt diese Provinztante die Hamburger für blöd.

»Ich meine ja nur, dass der Mord an dem Vater von Moritz Blumberg durchaus eine Sache für sich sein könnte. Aber vielleicht gibt es einen Zusammenhang zwischen dem Richter und Piet, wobei ich immer noch hoffe, dass der Kerl gleich vor der Tür steht und eine gute Erklärung für sein Verschwinden abgibt.«

»Liebe Kollegin Gisela, ich mache mir genauso Sorgen um Piet. Und uns rauchen hier die Köpfe. Wir tun wirklich alles und denken in jede Richtung.«

Nach dem Telefonat ging Gisela zu ihrem Chef, dem Kriminaloberrat, um ihn in Sachen Piet zu informieren. Daraufhin fuhr Gisela mit Achim und der Spurensicherung zu Piets Haus, um das Grundstück unter die Lupe zu nehmen. Der junge Piet, der ziemlich ratlos dreinschaute, sprach Gisela an:

»Was ich mir schon überlegt habe: vielleicht ist mein Vater ja heute schon ganz früh joggen gegangen. Und möglicherweise ist ihm da was passiert.«

»Mensch, darauf hätten wir auch früher kommen können. Fehlt vielleicht ein Jogginganzug oder Laufschuhe?«

»Bei dem Wetter zieht er nur eine kurze Hose an. Und davon hat er eine ganze Menge. Ob Schuhe fehlen, weiß ich nicht. Er hat einfach zu viele Sportschuhe.«

»Weißt du, wo er gewöhnlich lang läuft?«

»Hinterm Haus Richtung Trave und dann wieder zurück.«

»Okay, ich geh da jetzt lang und nehme jemanden von der Spurensicherung mit. Du kannst uns begleiten und die Augen offen halten.«

Sie gingen zusammen den Weg ab und fanden nichts. Auf dem Feldweg nahe des Flüsschens gab es Reifenspuren, die allerdings aufgrund der Trockenheit nicht sehr ausgeprägt waren. Dann fanden sie ein Papiertaschentuch, das allerdings jeder dort hätte hinwerfen können. Der Mann von der Spusi steckte es in einen Plastikbeutel. Wieder zurück am Haus, teilte Achim ihnen mit, dass man nichts Auffälliges gefunden hatte. Entnervt ging Gisela über die Straße zu ihrem Haus, wo sie Klaus und Lilly berichten musste, dass es keinerlei Hinweise gab.

In Lillys Kopf arbeitete es.

»Gisela, hast du schon mal daran gedacht, dass Piet vielleicht gar nicht aus Kleinbötelkamp rausgekommen ist? Vielleicht ist er ja hier in einem der vier Häuser auf dieser halben Straße.«

»Aber Lilly, wo denn und warum? In unserem Haus ist er nicht. In seinem Haus auch nicht. Also bleiben nur noch das Haus von Fiete und Freddy und das von Sabine.«

»Genau. Sabine. Sie ist eine geheimnisvolle Frau.«

»Ich gehe mal zu ihr rüber und rede mit ihr. Das muss ich ja ohnehin. Vielleicht hat sie etwas gesehen. Und danach gehe ich zu Fiete und Freddy.«

Als Gisela zurückkam, war sie noch niedergeschlagener. Am nächsten Morgen stand sie früh auf und fuhr zur Arbeit, noch bevor Lilly und ihr Mann aufgestanden waren. Klaus war schon mal um fünf auf, um den Nachwuchs zu füttern und war dann wieder eingeschlafen.

Um neun Uhr sah Lilly, dass Nachbarin Sabine wegfuhr. Eilig ging sie nach nebenan zu Freddy, der noch nicht ganz wach zu sein schien.

»Um Gottes Willen, Lilly, warum holst du mich zu dieser unchristlichen Zeit aus dem Bett?«

»Guten Morgen erst mal, mein lieber Freddy. Ich brauche deine Hilfe. Und zwar sofort. Also zieh dich an und komm raus.«

Völlig verdutzt gehorchte er der alten Dame. Dann wies sie ihn an, sich mit dem Handy in den Garten zu setzen und ihr Bescheid zu geben, falls das Auto von Nachbarin Sabine auftauchen sollte.

»Lilly, du willst doch wohl nicht wieder Leichen ausgraben?«

»Aber nein, mein Junge. Ich will mich nur mal ein bisschen bei Frau Sabine umsehen.«

»Aber das Grundstück haben doch gestern schon die Bullen in Augenschein genommen.«

»Wer redet denn vom Grundstück?«

»Lilly, du willst doch nicht etwa einbrechen?«

»Tu du nur, was ich dir gesagt habe.«

- 8 -

Für halb neun hatte Gisela eine Dienstbesprechung angesetzt. Vorher telefonierte sie erneut mit Dennis von der Kripo in Hamburg.

»Also, wir haben inzwischen herausgefunden, dass an dem Tag, als Herr Blumberg ermordet wurde, eine Frau das Haus mit einem Schlüssel öffnete. Nach einer halben Stunde kam sie wieder heraus und wartete im Auto, bis Herr Blumberg nach Hause kam. Kurz darauf ging sie zum Haus, klingelte und wurde von Herrn Blumberg hereingelassen. Eine Viertelstunde später verließ sie das Haus wieder. Wir gehen also davon aus, dass sie zuerst die Whiskeyflasche präpariert hat, dann wieder ging und auf Blumberg wartete. Dann ging sie ins Haus, um zu sehen, ob sie ihr Ziel erreicht hatte oder nachhelfen musste. Sie ist für uns die potentielle Mörderin. Und mit großer Wahrscheinlichkeit handelt es sich um die geschiedene Frau von Blumberg. Das alles wurde von einer Nachbarin beobachtet.«

»Und warum hat die Nachbarin erst jetzt ausgesagt?«

»Weil sie am selben Tag verreist ist und erst jetzt vom Tod des Herrn Blumberg erfahren hat. Und nun suchen wir natürlich mit Volldampf diese Frau.«

»Wie sieht die Frau aus und wie alt ist sie?«

»Sie ist klein und schlank. Ich schicke euch gleich ein Phantombild per Email, das nach der Beschreibung der Nachbarin angefertigt wurde. Es ist aber nicht sehr aussagekräftig. So genau hatte die Nachbarin sie nicht Erinnerung. Sollte es Rita Blumberg sein, ist sie fünfundvierzig Jahre alt.«

»Gut, Dennis. Wir haben noch keine Spur von Piet. Wenn es etwas Neues gibt, melde ich mich.«

Es war keine große Sache für Lilly, in das Haus von Sabine einzudringen. Der Keller, der von außen einen Zugang über eine Treppe hatte, war mit einer Tür mit einem uralten Schloss versehen. Mit einem Stück Draht dauerte das Öffnen keine zehn Sekunden. Da Sabine nicht zu Hause war, machte sie Licht an und sah sich alle Kellerräume in Ruhe an. Waschküche, Abstellraum und einen kleinen Raum, der völlig leer war. Dann ging sie ins Parterre. Küche, Wohnzimmer, Esszimmer. In einem Regal stand ein Fotoalbum. Sie nahm es heraus und schaute. Mann mit kleinem Jungen, Frau mit demselben Jungen. Glückliche Familie mit Kind. Dann etliche Aufnahmen des Jungen in verschiedenen Lebensaltern. Die Frau, die immer wieder auf den Fotos auftauchte, war wohl Sabine, als sie noch jünger war. Sie hatte keine Familie mehr, hatte sie auf der Gartenfete gesagt. Wo waren Mann und Sohn geblieben? Weiter gab es hier nichts Interessantes für Lilly. Also ging sie ins Obergeschoss. Schlafzimmer, nichts Besonderes. Büro mit Laptop. Ein paar ausgedruckte Emails aus Australien. Unterzeichnet mit Robby. Sie holte ihr Notizbuch aus der Tasche ihres Overalls und notierte die Email-Adresse. Das Bad war auch uninteressant. Als sie die Treppe ins Parterre zurückging, klingelte ihr Handy. Es war Freddy:

»Mensch, Lilly, komm in die Gänge. Sie ist wieder da. Jeden Moment kann sie an der Tür sein.«

Nur nicht aus der Ruhe bringen lassen, war Lillys Devise. Sie ging auf die Kellertreppe zu. Als sie unter war, hörte sie, wie die Haustür aufgeschlossen wurde. Dann ging sie durch den Garten auf Piets Grundstück und schließlich zurück nach Hause. Freddy kam ihr entgegen und sagte ganz aufgeregt: »Meine Güte, Lilly, mach doch nicht so was mit mir. Ich schwitze hier Blut und Wasser und dachte schon, dass sie dich erwischt hat.«

»Ach, Freddy. Das Problem ist, dass ihr jungen Leute einfach keine Nerven habt.«

Am Abend kam Gisela völlig zerschlagen nach Hause. Sie hatte sich eine Stunde um ihren Nachwuchs gekümmert. Als der Kleine schlief, saß sie still und einsam unter ihrem Lieblingsapfelbaum vor dem Haus. Lilly, die natürlich unbedingt wissen wollte, wie es mit der Suche nach Piet stand, setzte sich zu ihr.

»Nun lass den Kopf nicht hängen, Gisela. Erzähl mir lieber, wie es steht.«

»Eigentlich dürfte ich dir gar nichts erzählen. Das Problem ist nur, dass es kaum etwas gibt, was sich überhaupt zu erzählen lohnt. Ich bin im Moment ziemlich ratlos. Die Hamburger Kripo ist auf der Suche nach der früheren Ehefrau des ermordeten Herrn Blumberg. Sie soll ihn umgebracht haben. Die Frau hat wohl lange in Australien gelebt, und jetzt ist sie wieder da. Vielleicht hat sie auch den Richter umgebracht, der ihren Sohn verurteilt hat. Und wenn das tatsächlich alles stimmt, dann hat sie auch etwas mit dem Verschwinden von Piet zu tun.«

Gisela erzählte ihr die Geschichte von dem Sohn der Blumbergs, den die Mutter über zehn Jahre nicht gesehen hatte. Und dann musste die Frau erfahren, dass er sich im Gefängnis umgebracht hatte.

»Ja, das ist das klassische Motiv für Rachemorde. Gleichzeitig kann man die eigene Schuld dadurch auf andere schieben«, sagte Lilly. »Du hast gesagt, die Frau sei die ganze Zeit in Australien gewesen. Also, ich kenne auch eine Frau, die in Kontakt mit Australien steht. Und diese Frau hatte auch einen Sohn. Und jetzt wohnt sie ganz allein in einem Haus in Kleinbötelkamp.«

»Du redest von Sabine? Und woher weißt du, dass sie in Australien war und dass sie einen Sohn hatte? Sie hat doch an dem Grillabend weiter nichts von sich erzählt.«

»Das kann ich dir nicht sagen. Ich habe halt ein bisschen geforscht.«

»Lilly, machst du etwa schon wieder Dummheiten?«

»Ich doch nicht.«

Dann ging Gisela ins Haus und holte das Phantombild, das ihr die Hamburger geschickt hatten. Zusammen mit Lilly erforschten sie jede Kleinigkeit.

»Na, das ist natürlich ein Allerweltsgesicht. Die Zeugin scheint kein gutes Erinnerungsvermögen zu haben«, sagte Lilly: »Aber mit etwas Fantasie könnte man natürlich durchaus denken, dass es sich um Sabine handelt. Vor allem die Figur und das Alter würden ja perfekt passen. Gisela, du musst herausfinden, ob Sabine wirklich so heißt, wie sie uns weismachen will, was sie in der Vergangenheit gemacht hat und so weiter.«

»Lilly, du steigerst dich da in etwas hinein.«

Trotzdem hatte Gisela ein merkwürdiges Gefühl bei dem Gedanken, dass die Mörderin in der Nachbarschaft wohnen könnte.

Kurz darauf kam der kleine Piet mit seiner Freundin herüber, um sich die neuesten Informationen von Gisela zu holen. Angesichts der dürftigen Ausbeute war er sehr niedergeschlagen.

- 9 -

Am nächsten Morgen bekam Gisela die Nachricht aus dem Labor, dass man an dem weggeworfenen Taschentuch an der Trave tatsächlich DNS von Piet gefunden hatte. Sie trommelte sofort ihre Mannschaft zusammen.

»Piet ist nicht der Typ, der seinen Müll einfach wegwirft. Ich vermute, dass er entführt wurde und uns ein Zeichen hinterlassen wollte«, dozierte Gisela. Alle nickten, nur Achim konterte:

»Gisela, das ist Quatsch. Er kann es auch verloren haben, und zwar durchaus auch schon an den Tagen davor.«

»Ja, auch das ist möglich. Aber wir haben kein anderes Zeichen von ihm. Also nehmen wir uns die Gegend noch mal gründlich vor. Und wir sprechen mit allen Leuten, deren Häuser zu diesem Feldweg führen.«

Vorher beauftragte Gisela noch eine Inspektorin, das Leben ihrer Nachbarin Sabine gründlich unter die Lupe zu nehmen. Schließlich kannte sie Lillys Spürnase und wollte absolut nichts außer Acht lassen.

Das systematische Durchkämmen des Gebiets an der Trave brachte nichts. Zu allem Überfluss wurde Gisela dann auch noch von ihrer Mitarbeiterin informiert, dass mit Sabine alles in Ordnung war. Sie hieß wirklich so, hatte unter anderem auch in Australien gelebt und dort Mann und Sohn durch einen Unfall verloren. Also absolut nichts Brauchbares. Die Befragung der Anwohner der Straße, die zu dem Feldweg führt, erbrachte lediglich, dass eine Frau morgens halb sieben einen schwarzen Pickup gesehen hatte, der aus dieser Richtung kam. Das war alles. Auch auf Piets Handy, das ja zuhause lag, hatte Gisela nichts Besonderes entdeckt. Er hatte zuletzt ein paar Anrufe von einem

Jochen Klüth bekommen. Als Gisela diesen anrief, sagte er, sie seien alte Kumpels aus Hamburg. Aber sie hatten sich seit Wochen nicht mehr gesehen. Das klang glaubhaft. Auch auf dem PC gab es nichts Außergewöhnliches.

Lilly, die angesichts dieser traurigen Entwicklung ihre Gedanken gar nicht mehr von Piet abwenden konnte, ging zu seinem Sohn rüber. Die Tür wurde von seiner Freundin geöffnet, die Lilly zuflüsterte:

»Er ist überhaupt nicht gut drauf. Er macht sich Tag und Nacht Sorgen.«

»Na, das kann ich mir denken. Bring mich einfach zu ihm. Vielleicht kommt er dann auf andere Gedanken.«

»Hallo, kleiner Piet. Ich kann mir vorstellen, dass es dir schlecht geht«, sagte sie, als sie auf die Terrasse hinter dem Haus trat.

»Ich weiß nicht mehr, was ich noch machen soll.«

»Sag mal, Piet, hat die Polizei eigentlich das Handy und den Computer deines Vaters unter die Lupe genommen?«

»Natürlich, das hat Gisela gemacht. Aber gefunden hat sie nichts, was einen irgendwie weiterbringen könnte.«

»Und einen weiteren Computer hat er nicht?«

»Mmh, nein. Das heißt, er hat noch einen Laptop. Der müsste aber bei der Arbeit sein. Er hatte ihn immer in seinem Aktenkoffer, wenn er ihn mitnehmen wollte. Ich schau mal, ob der Aktenkoffer da ist.«

Nach einer Minute kam Piet mit dem Aktenkoffer zurück, öffnete ihn und, tatsächlich, da war der Laptop seines Vaters.

»Wir können ja mal schauen, was er zuletzt damit gemacht hat«, meinte Lilly.

»Sollten wir ihn nicht lieber Gisela geben?«

»Ja, da hast du Recht, mein Junge. Ich nehme ihn mit und gebe ihn nachher Gisela, wenn sie wieder zu Hause ist. Also, auf die Bullen ist auch kein Verlass. Warum haben sie den denn nicht gefunden und untersucht?«

»Wahrscheinlich dachten sie, dass er nur den einen Computer hat, der auf seinem Schreibtisch steht.«

»Ja, wenn die Polizei schon mal denkt.«

Jetzt hatte sie den Jungen und seine Freundin zum Schmunzeln gebracht. Sie sprach dem kleinen Piet noch etwas Trost zu und machte sich dann, den Laptop unterm Arm, zurück in Giselas Haus. Natürlich öffnete sie den Laptop sofort. Auf der Tastatur lag eine ausgedruckte Email von Piet an einen Jochen:

Hallo Jochen, jetzt reicht es. Es war nie etwas zwischen uns, und es wird nie etwas sein. Ich bin nun mal anders gepolt als du. Sieh das ein und hör auf, mir Avancen zu machen. Stell mir nicht mehr nach, ruf mich nicht an und lass dich vor allem nicht bei mir blicken. Wenn du dich nicht daran hältst, wäre das Stalking. Piet

Nanu, dachte Lilly, was ist das denn? Ganz begierig schaltete sie den Laptop ein. Passwort! So ein Mist. Also rief sie noch mal bei Piet junior an und fragte, ob er das Passwort kennt, falls Gisela danach fragen sollte.

»Weiß nicht. Aber das Passwort seines anderen Computers ist HAMbeck2000. Vielleicht benutzt er das ja auch für den Laptop.«

Lilly tippte das Passwort ein, und es war falsch. Dann versuchte sie es mit HAMbeck 2001, falsch. Dann BECKham2000. Tralalala, Volltreffer! So schwer sind die Menschen gar nicht zu durchschauen, dachte Lilly und freute sich wie eine Elster, die gerade ein goldenes Schmuckstück in ihr Nest gebracht hat. Sie schaute sich zunächst die Emails an, die vor Piets Verschwinden eingegangen waren. Da war nichts Interessantes. Die neuen, noch nicht geöffneten Emails traute sie sich nicht aufzumachen, weil Gisela dann gemerkt hätte, dass sie bereits »vor«-gearbeitet hatte. Aber da schien auch nichts von Relevanz zu sein. Dann schaute sie, welche Internetseiten Piet zuletzt besucht und was er in die Suchmaschine eingegeben hatte. Das war schon aufschlussreicher. Piet hatte sich an den Tagen vor seinem Verschwinden mit einer Firma Klüth beschäftigt. Das Hamburger Unternehmen, dessen Geschäftsführer Jochen Klüth hieß, war eine Großhandlung für erotische Produkte. Na, das passt ja wie die Faust aufs Auge, dachte Lilly. Piet wird also gestalkt. Dieser Jochen hat ihn bestimmt entführt, weil seine Liebe von Piet so eindeutig zurückgewiesen wird. Und bist du nicht willig, so brauch ich Gewalt, sagte Lilly leise vor sich hin. Mehr war aus dem Laptop nicht herauszukriegen. Also schaltete sie ihn wieder aus, legte die ausgedruckte Email wieder auf die Tastatur und klappte ihn zu. Nun hoffte sie, dass Gisela bald nach Hause kommen würde, um zu derselben Erkenntnis zu gelangen wie sie. Vielleicht könnte man Piet noch heute von diesem wahnsinnigen, liebestollen Entführer befreien. Sie war schon in Versuchung, Gisela sofort anzurufen und sie über ihren Fund zu unterrichten. Aber dann würde Gisela wieder mit ihr schimpfen, weil sie sich eines so wichtigen Indizes bemächtigt hatte.

Als Gisela endlich kam, stürzte Lilly sich regelrecht auf sie:

»Stell dir nur vor, der kleine Piet hat noch einen Laptop gefunden, der seinem Vater gehört.«

Ganz verdutzt sah Gisela ihre Freundin an.

»Ja und? Wo ist er?«

»Ich habe ihn für dich mitgebracht.«

»Aha.«.

»Was heißt hier aha? Bist du denn gar nicht neugierig? Vielleicht findest du ja dort den Schlüssel für alles.«

Jetzt sah Gisela Lilly ernst an und fragte:

»Sag mal, Lilly, könnte es sein, dass du schon an dem Laptop dran warst?«

»Aber, Gisela. Ich kann doch deinen Ermittlungen nicht vorgreifen.«

»Gut, dann kümmere ich mich jetzt erst mal eine halbe Stunde um meinen kleinen Schatz, und dann schau ich mir den Laptop an.«

Das war eine ziemlich lange halbe Stunde für Lilly. Als Gisela sich dann endlich an ihren Schreibtisch setzte, fand sie zunächst die ausgedruckte Email von Piet an Jochen. Sie las sie mit leicht verwundertem Gesichtsausdruck, legte sie beiseite und fragte:

»Mist, und woher soll ich sein Passwort kennen?«

Ganz ruhig und gelassen entgegnete Lilly:

»Versuch es doch mal mit BECKham2000.«

Gisela sah ihre Freundin nur verwundert an und tippte das Passwort in die Tastatur.

»Lilly, woher kennst du das Passwort?«

»Ich? Äh, ich kannte es gar nicht. Sein Sohn hat es mir gesagt.«

Dann checkte sie die Emails und fand offenbar nichts Interessantes. Danach ließ sie sich den Verlauf der aufgerufenen Internetseiten anzeigen und sagte dann ganz ruhig, während sie sich zu Lilly umdrehte:

»Und du warst nicht an diesem Laptop dran?«

»Das sagte ich doch schon. Niemand war da dran.«

»Dann frage ich mich nur, wer hier vor zwei Stunden diese Internetseite geöffnet hat.«

»Ach, so ein Mist, Gisela. Daran hab ich in meinem Übereifer gar nicht gedacht, dass du ja auch meine Aktionen nachvollziehen kannst. Du kennst mich doch. Also frag nicht so dumm. Natürlich habe ich mir angesehen, was Piet zuletzt gemacht hat. Und dann noch dieser Emailausdruck. Er wurde offenbar von Jochen Klüth, dem Geschäftsführer von diesem Sexladen, gestalkt. Worauf wartest du eigentlich noch? Willst du keine Hausdurchsuchung bei diesem Menschen machen?«

»Lilly, erstens glaube ich nicht, dass wir da einfach hingehen und Piet finden. Und zweitens wäre dafür die Kripo in Hamburg zuständig. Ich rufe mal den früheren Kollegen von Piet an, einen gewissen Dennis, damit er diesen Jochen Klüth abcheckt.«

»Aber Gisela, wenn der arme Bengel tatsächlich von diesem Unhold entführt wurde. Du darfst keine Zeit verlieren.«

»Lilly, bei der Polizei muss jeder Schritt genau überlegt sein. Vor allem dürfen wir keine Gesetze verletzen.«

Mit ihrer Aufgeregtheit kam Lilly bei Gisela nicht weiter. Also verzog sie beleidigt das Gesicht.

»Die Gesetze sind da, um Menschen zu schützen. Und hier geht es um den Schutz von Piet.«

»Ist ja gut, Lilly. Ich versuche sofort, Dennis an die Strippe zu kriegen.«

Sie erreichte ihn auf seinem Handy, als er gerade nach einem anstrengenden Tag nach Hause gekommen war. Er hörte sich aufgrund ihrer Informationen nicht gerade begeistert an.

»Also, mehr haben Sie nicht? Piet wurde also Ihrer Meinung nach von diesem Typen gestalkt. Na und? Was hat das mit seinem Verschwinden zu tun? Natürlich gehe ich der Sache nach. Morgen werde ich diesem Herrn Klüth einen Besuch abstatten. Was mir viel mehr Sorgen macht, ist, dass wir diese Frau, wahrscheinlich die Ehemalige des ermordeten Herrn Blumberg, immer noch nicht gefunden haben. Das dürfte unsere wahre Kandidatin sein. Wenn wir sie finden, werden wir aller Wahrscheinlichkeit nach auch Piet finden. Ich hoffe nur, dass es dann nicht schon zu spät ist. Warum sollte die Frau ihn entführen und am Leben lassen?«

»Dennis, Sie machen mir Angst.«

»Ich habe auch Angst um Piet. Trotzdem müssen wir rational denken.«

Sie verabschiedeten sich und verblieben so, dass Dennis sie über seinen Besuch bei Jochen Klüth am nächsten Tag informieren würde.

Lilly war außer sich, als sie hörte, wie dieser Dennis vorgehen wollte. Jetzt brauchte sie erst mal frische Luft. Also ging sie in den Garten und sah Freddy auf dem Nachbargrundstück. Sie verwickelte ihn in ein reges Gespräch. Dann ging sie noch mal kurz ins Haus, um ein paar Sachen zu holen und sich von Gisela zu verabschieden:

»Gisela, ich fahre mal eben mit Freddy weg.«

Erstaunt schaute Gisela auf und wollte etwas sagen, aber da war sie auch schon draußen.

Gisela hatte abends einen Anruf von Lilly bekommen, dass sie heute auswärts übernachten würde. Auf ihre Nachfrage, wo, wie und warum, ging sie gar nicht ein. Naja, dachte sie, das ist halt Lilly. Am nächsten Morgen im Büro meldete sich Dennis:

»Sagen Sie mal, kennen Sie eine gewisse Lilly Höschen?«

»Natürlich, meine Freundin Lilly. Sie ist gerade bei mir zu Besuch.«

»Falsch, im Moment ist sie gerade bei mir zu Besuch. Sie sitzt im Verhörraum und ich bin am Überlegen, ob ich versuchen sollte, sie einzubuchten. Leider gibt es ja nicht mehr den Paragrafen des groben Unfugs.«

»Was, Lilly ist in Hamburg? Bei Ihnen? Warum denn das, um alles in der Welt?«

»Sie wurde letzte Nacht auf einer Sexparty festgenommen wegen Hausfriedensbruchs.«

»Um Gottes Willen, nun sprechen Sie doch nicht in Rätseln. Was ist passiert?«

»So genau kann ich Ihnen das jetzt nicht verklickern. Dazu kommt noch, dass sie mich beleidigt hat, wie es noch keinem Menschen vor ihr gelungen ist. *Fetter Chauvinisten-Bulle, größter Hahn auf dem Misthaufen, Sie sehen nicht nur blöd aus, Sie sind tatsächlich blöd.* Das sind nur ein paar Kostproben, wie sie mit mir geredet hat. Ach so, einen *hinterasiatischen Hängebaucheunuchen* hat sie mich auch noch genannt. Ach ja, und sie war nicht allein. Sie hatte noch ihren jungen Freund Freddy dabei, einen selten dämlichen Kerl. Ich hätte Lust, die beiden hier eine Weile schmoren zu lassen.«

Gisela war fassungslos. Sie beschloss, sofort nach Hamburg zu fahren, um die Sache vor Ort mit allen Beteiligten aufzuklären.

Als sie Dennis eine Stunde später zum ersten Mal sah, dachte sie ganz sacht im Hinterkopf: Hängebaucheunuch, naja, rein vom Äußeren her lag Lilly da gar nicht mal so falsch. Aber natürlich spricht man so etwas Gemeines nicht aus, es sei denn, man heißt Lilly und wird entsprechend gereizt. Als Gisela ihrem Hamburger Kollegen in dessen Büro gegenüber saß, hatte sie das Gefühl, eine winzig kleine graue Maus zu sein. Der Kerl war zwar bestimmt einsachtzig groß, machte aber den Eindruck, genauso breit zu sein. Sein Bauch war so dick, dass er im Stehen bestimmt nicht auf seine Schuhspitzen sehen konnte. Dabei war er nicht älter als sie selbst. Inzwischen hatte er sich wieder abgeregt und erzählte, was passiert war:

»Also, Ihre Freundin Lilly hatte offenbar auch herausgefunden, dass dieser Jochen Klüth in irgendeinem Verhältnis zu Piet steht. Dann machte sie sich auf den Weg zum Unternehmen des Herrn Klüth, einem Sexgroßhandel in Hamburg. Als Unterstützung nahm sie diesen komischen Freddy mit. Das Unternehmen befindet sich in einer alten Fabrikhalle. Die meisten der zwanzig Mitarbeiter hatten schon Feierabend. Irgendwie gelang es den beiden, den Laden zu betreten, ohne Aufsehen zu erregen. Sie durchsuchten alle Räumlichkeiten und fanden nichts. In der Haupthalle fand gestern Abend aber eine Verkaufsveranstaltung für gute Kunden statt. Eine Show stand auf dem Programm und natürlich das große Fressen und Saufen. Die Halle füllte sich allmählich. Von der Empore aus war eine große Rutsche in die Halle montiert worden, von der zu gegebener Zeit irgendwelche

Sexhäschen in ein aufgestelltes Schwimmbecken rutschen sollten. Diese Rutsche war oben von einem Vorhang verdeckt. Um möglichst viel mitzubekommen, setzten sich Lilly und ihr junger Freund auf diese Rutsche. Da der Auftritt der Sexhäschen aber noch nicht dran war, hatte man auf das Schwimmbecken unten eine lange Tafel mit einem grandiosen Buffet gestellt. Dann passierte es, dass dieser Freddy sich nicht mehr halten konnte. Lilly, die hinter ihm saß, versuchte ihn festzuhalten. Und dann rutschten beide mit vollem Karacho in das Schwimmbecken und stießen die riesige Fresstafel um. Die Leute haben sich zu Tode erschreckt, bis das große Lachen anfing. Man stelle sich vor, wie eine alte Oma und ihr jugendlicher Freund aus dem Schwimmbecken herauskamen.«

Jetzt fing Dennis an zu lachen, während sein Bauch auf und nieder wippte. Gisela hielt sich die Hände vors Gesicht und versuchte, sich zu beherrschen.

»Naja, jedenfalls wurde die Polizei gerufen. Die haben die beiden mitgenommen und ihnen etwas Trockenes zum Anziehen gegeben. Lilly hat dann nach der Kriminalpolizei verlangt, weil die Aktion angeblich etwas mit der Entführung von Piet zu tun habe.«

»Und – sind Sie der Sache nachgegangen?«

»Dieser Jochen Klüth ist nicht der, der Piet kennt, sondern sein Sohn. Und wo der zurzeit steckt, weiß sein alter Herr nicht. Natürlich bleiben wir dran. Nur, was diese alte Saatkrähe mir alles an den Kopf geworfen hat, weil ich nicht sofort Himmel und Hölle in Bewegung gesetzt habe, das ist unglaublich. Sie hat sich aufgeführt, als sei sie der Boss und ich ein kleiner Idiot, der ihr zu Diensten zu sein hat. Aber das hat ein Nachspiel.«

»Sie meinen, Sie erstatten Strafantrag wegen Beleidigung?«

»Das ist ja wohl das Mindeste. Eigentlich hätte sie Festungshaft verdient.«

»Wenn Sie sie anzeigen, bekommt sie eine Geldstrafe. Die zahlt sie mit links. Aber was meinen Sie, wie sie es genießen wird, jedes Schimpfwort noch einmal genüsslich vor Gericht auszusprechen. Ob das wirklich so eine gute Idee ist?«

Dennis verzog das Gesicht und meinte missmutig:

»Wenn die Presseleute im Gerichtssaal all das hören, wie mich die Alte tituliert hat, lachen sie sich tot. Dann nimmt mich kein Mensch mehr ernst. Ich kann mich in Hamburg nirgends mehr blicken lassen, ohne dass hinter meinem Rücken gekichert wird. Scheiße! Nehmen Sie die alte Schachtel mit nach Hause und sorgen Sie dafür, dass sie diese Stadt in Zukunft nicht mehr betritt.«

Gisela fiel ein Stein vom Herzen, und irgendwie tat Dennis ihr leid. Als sie dann in das Vernehmungszimmer trat und Lilly und Freddy in Polizeitrainingsanzügen sah, grinste sie übers ganze Gesicht. Freddy flehte sie an, ihrem Bruder Fiete nichts zu erzählen:

»Der bringt mich um.«

»Freddy, du bist ein verrückter Kerl. Aber eine Anzeige wegen Hausfriedensbruch und Sachbeschädigung wird euch beiden wohl nicht erspart bleiben.«

Lilly hingegen interessierte das nicht. Selbstbewusst fragte sie: »Und was ist jetzt mit Piet? Hat dieser dicke Kommissar endlich was unternommen?«

»Jetzt hör endlich auf, den armen Kerl zu beleidigen. Er wird alles tun, was in seiner Macht steht.«

»Das möchte ich ihm auch geraten haben. Ohne unsere Aktion würde er in der Sache wahrscheinlich gar nichts machen.«

Als Lilly Klaus von ihrer Aktion erzählte, konnte er sich vor Lachen nicht mehr halten. Sie erzählte ihm in allen Einzelheiten, was passiert war, so als hätte sie einen großen Triumpf davongetragen. Allerdings war ihr nicht nach Lachen zumute, denn Piet war ja nach wie vor verschwunden.

Als Gisela wieder in ihrem Büro saß, bekam sie einen Anruf von Dennis:

»Also, Gisela, wir haben jetzt erfahren, dass die Familie Klüth ein Ferienhaus in Travemünde hat. Das ist Ihr Zuständigkeitsbereich. Fahren Sie doch mal hin und schauen Sie, ob der junge Jochen Klüth sich vielleicht dort aufhält. Der alte Klüth ist sehr kooperativ. Er sagt, dass sein Sohn ein Taugenichts ist und öfters mal für einige Zeit verschwindet und nicht erreichbar ist. Manchmal hält er sich eben auch in besagtem Ferienhaus auf.«

»Danke, Dennis, ich kümmere mich sofort darum. Und noch etwas: es tut mir leid, dass Sie so viel Ärger mit Lilly hatten.«

»Ach, scheiß drauf. Äh, übrigens, Herr Klüth hat seine Anzeige wegen Hausfriedensbruch und Sachbeschädigung zurückgenommen. Seine Gäste waren offenbar schwer beeindruckt von der Vorstellung. Und er hat keine Lust auf einen Prozess. Richten Sie das dieser verrückten alten Nudel von dem hinterasiatischen Hängebaucheunuchen aus.«

»Danke, das werde ich tun. Vor allem Freddy wird das gefallen. Sein großer Bruder ist nämlich Polizist. Und der versteht keinen Spaß, im Gegensatz zu Ihnen.«

»Bei so einem blödsinnigen Bruder würde ich auch keinen Spaß verstehen.«

- 11 -

Gisela nahm Achim mit zu dem Ferienhaus der Klüths in Travemünde. Achim war mal wieder etwas mucksch. Er setzte sich ans Steuer und fuhr los, ohne ein Wort zu sagen. Irgendwann muss ich mal in Ruhe mit ihm reden, dachte Gisela, als dieser gelangweilt von sich gab:

»Aber du glaubst nicht im Ernst, dass Piet von diesem Jochen Klüth entführt wurde, und dass der dann auch noch so dämlich ist, ihn in das familieneigene Ferienhaus zu bringen?«

»Was ich glaube, ist uninteressant. Wir müssen alle Möglichkeiten abchecken.«

Damit hatte sich ihre Konversation auch schon erschöpft. Sie hielten bei der genannten Adresse, einer ruhigen Straße mit schönen Häusern und gepflegten Gärten. Ferienhaus ist wohl etwas untertrieben, dachte Gisela. Es handelte sich hier um ein ganz normales Einfamilienhaus, nur viel teurer als in einer normalen Wohngegend. Gisela klingelte. Nach zwanzig Sekunden öffnete ein Mann von Ende dreißig, schlank, dunkelhaarig, mit einem freundlich-skeptischen Lächeln auf den Lippen.

»Ja bitte, was kann ich für Sie tun?«

Gisela hielt ihm ihren Dienstausweis vor die Nase:

»Guten Tag. Gisela Weniger, Landeskriminalamt. Das ist mein Kollege Achim Conrad. Wenn Sie Jochen Klüth sind, müssten wir Sie kurz sprechen. Dürfen wir reinkommen?«

Jochen Klüth tat etwas erstaunt, sagte aber: »Ja, der bin ich. Bitte.«

Mit einer freundlichen Geste hielt er ihnen die Tür weit auf. »Bitte gehen Sie geradeaus ins Wohnzimmer.«

Sie nahmen Platz auf der eleganten weißen Ledergarnitur und Gisela fragte:

»Herr Klüth, wir hatten ja gestern schon miteinander telefoniert. Es geht um Piet Hermann«

Der Angesprochene tat zunächst etwas erstaunt und sagte dann, als ob der Groschen gefallen sei:

»Ach ja, Piet, das ist ein Bekannter von mir. Das sagte ich Ihnen doch bereits am Telefon. Ich habe ihn in Hamburg kennengelernt, wo er gewohnt hat. Aber seit er umgezogen ist, haben wir nur ein paar Mal miteinander telefoniert.«

»Wann haben Sie ihn das letzte Mal gesehen?«

Wieder schien er in sein Erinnerungsvermögen zu strapazieren.

»Oh, das ist schon eine Weile her. Eine ganze Weile sogar. Das muss noch in seiner Hamburger Zeit gewesen sein. Das sagte ich ja schon.«

Nun mischte sich Achim ein. Etwas barsch raunte er:

»In welchem Verhältnis standen Sie zu ihm? Sind Sie schwul? Ist er schwul?«

Jochen Klüth wurde unruhig und zugleich rot im Gesicht.

»Also, ich muss doch schon sehr bitten. Was geht Sie meine sexuelle Ausrichtung an?«

»Antworten Sie mir!«

»Ja, ich bin homosexuell. Aber das hat nichts mit Piet zu tun. Ich pflege keine sexuelle Beziehung zu ihm. Er ist ein Bekannter, mit dem ich ein paar Mal ein Bier getrunken habe und ab und zu telefoniere. Das ist alles.«

Gisela mochte Achims rauen Ton in dieser Phase des Gesprächs nicht und mischte sich wieder ein:

»Herr Klüth, Piet Hermann ist verschwunden. Daher klappern wir seinen Bekanntenkreis ab. Wir verdächtigen

Sie nicht, etwas mit seinem Verschwinden zu tun zu haben. Trotzdem wären wir dankbar, wenn wir uns hier im Haus etwas umsehen könnten.«

»Bitteschön. Gehen Sie in alle Zimmer. Ich habe nichts zu verbergen.«

Das klang ziemlich selbstsicher. Und er hatte tatsächlich nichts zu verbergen. Jedenfalls nicht in diesem Haus. Die Küche mit integriertem Esszimmer war etwas unordentlich. Von den beiden Schlafzimmern oben war nur eines benutzt. Im Bad fand sich nur eine Zahnbürste, ein Rasierapparat und so weiter. Beim Herausgehen sagte Gisela zu Klüth:

»Sie haben kurz vor Piets Verschwinden ein paar Mal mit ihm telefoniert. Worum ging es da?«

»Ach Gott, das war nichts Besonderes. Ich habe ihn gefragt, wann er mal wieder nach Hamburg kommt. Er wollte mich zurückrufen. Aber dann habe ich nichts mehr von ihm gehört.«

»Okay, das wär es erstmal. Vielen Dank, Herr Klüth. Auf Wiedersehen.«

Achim schaute etwas grimmig drein. Aber das war ja bei ihm in letzter Zeit normal. Als sie draußen waren, sagte Gisela zu ihm:

»Der lügt. Lass uns noch mal den Weg hinter dieser Häuserreihe langfahren. Ganz langsam.«

Achim fuhr also den Weg entlang, der sich als Sackgasse entpuppte. Von hinten sah man die Gärten der Häuser. Nichts Auffälliges. Achim wendete, und Gisela rief wie aus der Pistole geschossen:

»Halt! Da ist Klüth. Er geht in das Nachbarhaus. Mein Gott, hat der es aber eilig. Da stimmt doch was nicht. Er benutzt die Hintertür.«

Schon war er im Haus verschwunden, ohne sie beachtet zu haben. Gisela und Achim öffneten die Gartenpforte.

»Achim, du gehst zur Haustür und klingelst. Ich warte an der Hintertür.«

Die Hintertür war verschlossen. Eine Klingel gab es hier nicht. Achim läutete an der Haustür. Es tat sich nichts. Dann klingelte er Sturm. Keine Reaktion. Dann schlug er gegen die Tür und brüllte:

»Machen Sie auf, Klüth! Wir wissen, dass Sie da drin sind. Aufmachen oder ich schlage die Tür ein.«

Er wusste genau, dass er diese massive Haustür nicht würde einschlagen können. Gisela hörte Achims Geschrei am anderen Ende des Hauses. Jetzt wurde sie unruhig. Die Hintertür war nicht sonderlich massiv. Sie hielt sich am Geländer fest und trat dreimal fest dagegen. Dann war sie offen. Sie zog ihre Pistole und ging durch den halbdunklen Flur. Sie öffnete die linke Tür mit vorgehaltener Waffe. Das war ein Heizungsraum. Leer. Hinter der rechten Tür befand sich ein Abstellraum. Leer. Dann die Tür geradeaus. Ein großer Raum bestehend aus Wohnzimmer und Küche. In Sekundenschnelle hatte sie alles fixiert. Leer. Links eine Tür, die zum vorderen Flur mit Treppe und Haustür führte. Sie öffnete die Haustür und ließ Achim rein. Gisela deutete nach oben, wo sie Geräusche hörten. Vorsichtig schlichen sie die Treppe hoch, Achim hinter Gisela, die Waffen vor sich haltend. Mit einem Ruck öffnete Gisela die nächstgelegene Tür und bekam einen Schreck. Auf dem Bett lag Piet in Fesseln, und Jochen Klüth hockte neben ihm und hielt eine Waffe an seinen Kopf. Achim zielte mit grimmigem Gesicht auf Klüth und sagte:

»Eine falsche Bewegung, Klüth, und ich blase dir die Birne weg!«

Gisela versuchte es etwas sachlicher:

»Es ist aus, Klüth. Wenn Sie jetzt abdrücken, sind Sie entweder tot, oder Sie verbringen den Rest Ihres Lebens hinter Gittern in sehr angenehmer Männergesellschaft. Waffe runter! Langsam.«

Tränen schossen ihm ins Gesicht. Zitternd legte er die Waffe hinter sich auf den Boden, während Achim sich auf ihn stürzte wie ein Berserker und ihm Handschellen anlegte. Gisela eilte zu Piet und zerschnitt mit ihrem Taschenmesser die Plastikschnur, mit der seine Hände und Füße an das Bettgestell fixiert waren.

- 12 -

Piet hatte sich strikt geweigert, sich im Krankenhaus untersuchen zu lassen oder auch nur einen Arzt zu rufen.

»Mir fehlt nichts. Jochen Klüth hat mir nichts getan. Ich will jetzt nach Hause, meinen Sohn umarmen, unter die Dusche gehen. Und dann kannst du von mir aus vorbeikommen und meine Aussage aufnehmen. Oder du wartest damit bis morgen. Ich komme morgen wieder zum Dienst.«

Giselas Protest half nicht. Piet setzte sich durch. Sie brachte ihn nach Hause und fuhr dann ins Büro, um sich mit Jochen Klüth zu beschäftigen, der redete wie ein Wasserfall. Als sie abends noch mal bei Piet vorbeischaute, lag dieser auf der Terrasse und ließ sich von seinem Sohn bedienen. Die Freundin des kleinen Piet musste heute wieder nach Hause fahren.

»Okay, großer Piet und kleiner Piet, macht euch einen schönen Abend. Du kannst morgen deine Aussage machen. Mensch, bin ich froh, dass wir dich wiederhaben. Und das Verrückte ist, dass Lilly den richtigen Riecher hatte. Wenn ich dir erzähle, was sie deinetwegen angestellt hat, dann kommst du aus dem Lachen nicht heraus.«

Lilly kostete ihren Triumpf aus, nachdem Gisela ihr alles erzählt hatte.

»Meine Güte, was bin ich froh, dass der liebe Piet wieder zu Hause ist. Ich habe doch gleich gewusst, dass mit dieser Klüth-Sippe etwas nicht stimmt. Wenn ich mit Freddy nicht aktiv geworden wäre, dann läge der arme Piet wahrscheinlich immer noch gefesselt auf dem Bett in den Klauen dieses Unholds. Aber auf mich hört ja keiner. Im Gegenteil, ich werde sogar noch gescholten und von diesem hinterasiatischen Hängebaucheunuchen verhört wie eine Verbrecherin.«

Wie immer, wenn Lilly sich in solchen Litaneien erging, musste Klaus herzhaft lachen. Gisela nahm ihre alte Freundin in den Arm und sagte:

»Lilly, du bist unser bestes Pferd im Stall.«, und Klaus ergänzte lachend:

»...ja, und machst den meisten Mist.«

Am nächsten Morgen kam Piet tatsächlich wieder zum Dienst. Von den Damen der Abteilung, aber auch von etlichen anderen, die ihm über den Weg liefen, wurde er umarmt und geküsst. Der Kriminaloberrat kam, um ihn zu begrüßen. Die Journalisten, auch die überregional tätigen, zeigten größtes Interesse, sodass man für den Nachmittag eine Pressekonferenz anberaumt hatte. Aber zunächst begaben sich Gisela, Achim und Piet in einen Vernehmungsraum, um ein Protokoll aufzunehmen. Piet berichtete:

»Ich habe Jochen Klüth vor gut einem Jahr kennengelernt, als ich in einem Lokal ermittelt habe, dass er auch oft besucht. Nichts Besonderes. Er konnte auch gar nichts beitragen. Zufällig begegnete ich ihm dann ein paar Tage später in einem Speiserestaurant, das ziemlich voll war. Er erkannte mich wieder und fragte, ob er sich an meinen Tisch setzen dürfe. Ich hatte kein Problem damit. Wir unterhielten uns über alles Mögliche. Er war eine angenehme, aber nichtssagende Gesellschaft. Irgendwann begegneten wir uns dann mal wieder und unterhielten uns ein bisschen. Eines Tages rief er mich an und lud mich zu einer Party ein. Ich war zwar etwas erstaunt, weil wir uns ja nicht besonders gut kannten. Aber ich hatte nichts anderes vor und ging hin. Auffallend war, dass auf dieser Party mehr

Schwule und Lesben herumliefern als normal. Ich hatte bis dahin auch gar nicht gewusst, dass Jochen schwul ist. Aber das ist ja nichts Außergewöhnliches. Ich hatte kein Problem damit. Es war auch eine ganz angenehme Party, absolut nicht auf Sex ausgerichtet. Naja, von Zeit zu Zeit meldete er sich mal bei mir. Aber ich habe diesen Kontakt etwas abgeblockt. Ich hatte ja in Hamburg genug andere Bekannte. Dann zog ich hierher. Und er hat immer mal wieder angerufen, ob wir uns nicht mal treffen können. Ich hatte weder Zeit noch Lust. Dann, kurz vor der Entführung, war er ganz aufgeregt am Telefon und machte mir so etwas wie eine Liebeserklärung. Ich sagte ihm, dass ich nun mal nicht schwul bin und dass wir es dabei belassen sollten. Und dann, an besagtem Morgen, als ich sehr früh zum Joggen ging, stand ein Pickup auf dem Feldweg. Jochen stieg aus, und wir wechselten ein paar Worte miteinander. Er wollte sich ausführlich mit mir unterhalten, aber ich blockte ab. Da zückte er eine Waffe. Es gelang ihm, mich zu fesseln. Und er brachte mich in das Haus in Travemünde. Er fesselte mich ans Bett. Immer wieder fing er an, auf mich einzureden. Ich unterhielt mich auch mit ihm. Aber er konnte einfach nicht begreifen, dass ich seine Gefühle nicht erwiderte. Er war nicht aggressiv oder gemein zu mir, versorgte mich gut mit Essen und Trinken. Wenn ich ins Bad musste, hielt er mir allerdings die Waffe an den Kopf. Unter normalen Umständen hätte ich mich befreit. Aber ich musste immer an meinen Sohn denken, der gerade erst in mein Leben getreten ist. Ich wollte einfach nichts riskieren.«

»Das ist gut so«, antwortete Gisela. »Wir haben es ja auch so geschafft. Jochen Klüth ist geständig. Was du erzählt hast, stimmt überein mit seiner Aussage. Er scheint mir ein ziemlicher Psycho zu sein. Hätte er rational gedacht, dann hätte er doch nicht im Traum damit rechnen können, dass du ihn plötzlich liebst und dazu noch schwul wirst, nur weil er dich zwingt, seinen Liebestiraden zuzuhören. Eigentlich tut er mir leid.«

- 13 -

Nina Schlamp arbeitete seit sage und schreibe achtunddreißig Jahren bei Herzer & Co. in Lübeck. Mit siebzehn hatte sie die Handelsschule mit Bravour absolviert und bekam von Herzer senior eine Lehrstelle. Als im zweiten Lehrjahr der Buchhalter wegen eines Herzinfarkts die Firma verließ, war sie es, das kleine Lehrmädchen, das die Buchhaltung am Laufen hielt. Herrn Herzer war gar nicht bewusst, welch enorme Verantwortung ihr damit aufgebürdet wurde. Sie arbeitete oft zehn Stunden täglich, manchmal auch mehr. Gelegentlich musste sie die Berufsschule schwänzen, weil sie im Betrieb gebraucht wurde. Und da alles lief, kam Herr Herzer gar nicht auf die Idee, eine neue Buchhaltungskraft einzustellen. Nach ihrer Lehrzeit wurde sie selbstverständlich übernommen, ohne dass ein Wort darüber verloren wurde. Ihr kleines Gehalt stieg nur langsam. Als der Betrieb wuchs und sie nicht mehr in der Lage war, die Buchhaltung allein zu meistern, sprach Nina ihren Chef an, doch eine weitere Kraft einzustellen. Seine Antwort: »Nanu, du hast wohl keine Lust mehr, richtig ranzuklotzen, was? Oder amüsierst du dich neuerdings mit dem anderen Geschlecht?«

Sie schluckte diese Anzüglichkeiten, so wie sie alles schluckte, was der Chef ihr an unqualifizierten Bemerkungen bot. Schließlich sah er ein, dass sich seit Ninas Eintritt in die Firma der Umsatz verdreifacht hatte und stellte eine weitere Kraft ein, die Nina allerdings erst anlernen musste. Als sie ein Jahr später eine Gehaltserhöhung haben wollte, lehnte ihr Chef diese ab mit der Begründung, dass er ja auf Ninas Wunsch hin nicht nur eine weitere Kraft eingestellt, sondern auch ein neues, sauteures Programm samt neuen Computern angeschafft hatte.

Wenn tatsächlich mal etwas schief ging, was äußerst selten vorkam, haute Herr Herzer mit der Faust auf den Tisch und ließ einige seiner anzüglichen Bemerkungen los. Nina tat alles, um solche Situationen zu vermeiden. Sie kontrollierte jeden Vorgang bis ins letzte Detail. Sie kontrollierte auch alles, was ihre Mitarbeiterin tat und der neue Lehrling, den sie ausbildete. Als Nina dreißig war, wurde sie dann tatsächlich eine Gehaltsgruppe höher eingestuft. Ihr Chef kam sich dabei vor wie ein Wohltäter der Menschheit.

Privat verlief Ninas Leben noch trostloser als beruflich. Sie wohnte immer noch bei ihrer Mutter, die sie behandelte wie einen Fußabtreter. Die Wochenenden verbrachte sie damit, die Eigentumswohnung, die sie gemeinsam finanzierten, zu putzen. Und die Mutter verlangte von ihr, sonntags ausgeführt zu werden. Sie selbst hatte schließlich keinen Führerschein. Und etwas Dankbarkeit könne man wohl von einer erwachsenen Tochter erwarten. Die Mutter investierte alles in Ninas Bruder Herbert, der sieben Jahre jünger war als sie selbst. Auch Nina musste einen Teil ihres immer noch kleinen Einkommens an Herbert abtreten, der ja schließlich studierte. Wenn Herbert etwa alle vier Wochen mal von Hamburg nach Lübeck kam, war es Ninas Aufgabe, seine Wäsche zu waschen und sich die Erlebnisse ihres Bruders anzuhören. Die Mutter hörte ihrem Sohn, in den sie all ihre Hoffnung steckte, mit leuchtenden Augen zu. Oft musste Nina sich dann von ihr anhören, was für ein toller Sohn er doch sei. Und sie, Nina, würde wohl nie einen Mann abkriegen, so, wie sie sich herrichtete, immer mausgrau mit altmodischer Frisur. Und ihrem Chef würde sie so auch nicht auffallen, damit er mal etwas für sie tat.

Bei Nina ging dieses Gezeter zum einen Ohr rein und zum anderen raus. Sie war meist froh, wenn sie montags wieder zur Arbeit gehen konnte. Hier hatte sie wenigstens alles im Griff. Die vielen Überstunden, die sie nie bezahlt kriegte, machte sie insgeheim gern. Und sie verzichtete auch darauf, ihren ganzen Urlaub zu nehmen, weil sie diesen sowieso nur mit ihrer Mutter hätte verbringen müssen.

So verging die Zeit, ohne dass irgendetwas Aufregendes passierte. Die einzige Männerbekanntschaft mit einem Anflug von Verliebtheit ging in die Brüche, als der Kerl eines Tages Schluss machte, weil er eine Andere gefunden hatte.

Der Betrieb war gewachsen, und Herr Herzer war unverhofft bei einer Bergtour in den Alpen gestorben. Seine Tochter Rosalia Herzer-Neundorff trat in die Geschäftsführung ein hatte durchaus Erfolg. Rosalia war zehn Jahre jünger als Nina, geschieden, kinderlos, hübsch und teuer gekleidet. Sie führte einige Neuerungen ein und war auch aufgeschlossen, als Nina ihr den Vorschlag machte, ein neues Computerprogramm für die Buchhaltung anzuschaffen. Inzwischen hatte Nina drei Mitarbeiter und bat darum, einen vierten einzustellen. Rosalia stimmte zu, allerdings unter der Voraussetzung, einen jungen Mann aus ihrem Bekanntenkreis die Chance zu geben, sich einzuarbeiten, der bisher allerdings noch keine Erfahrung in der Buchhaltung hatte.

»Das sind halt die üblichen Verpflichtungen, Nina, Sie wissen schon. Aber wie ich Sie kenne, werden Sie den jungen Mann schon zurechtbiegen.«

Natürlich stimmte Nina zu. Was sollte sie auch anderes tun? Sie hatte ja nie gelernt, sich mal durchzusetzen.

Es war nun ein Jahr her, dass besagter junger Mann in ihrem Büro erschienen war. Ein dreiundzwanzigjähriger, sehr gut aussehender Mensch namens Helge Dommen. Die drei Mitarbeiterinnen waren hin- und hergerissen. So etwas hatte es in der Buchhaltung noch nicht gegeben. Er sah nicht nur gut aus, sondern verströmte auch überall seine gute Laune und seinen Charme. Die Einzige, bei der dieser Charme nicht ankam, war Nina. Sie brauchte jemanden für die Arbeit, nicht zum Quatschen. Tagtäglich gab sie ihm allerlei Aufgaben, die er nur fehlerhaft erledigte. Sie musste buchstäblich alles kontrollieren. Wenn eine Arbeit mal fehlerlos war, dann hatte er diese einfach an eine der Kolleginnen weitergereicht, die ihm gern behilflich waren.

Im Laufe der Zeit bemerkte Nina, dass sich der Ton in ihrer Abteilung änderte, erst schleichend, dann immer wuchtiger. Als Vorgesetzte siezte sie sich mit ihren Mitarbeitern, die alle zwanzig bis dreißig Jahre jünger waren als Nina, die nun schon fünfundfünfzig war. Es hatte nie an einem gewissen Respekt ihr gegenüber gemangelt. Davon war in letzter Zeit allerdings nicht mehr viel übrig geblieben. Das Büro, in dem ihre vier Mitarbeiter zusammen saßen, wurde von Helge dominiert. Er klopfte Sprüche, erzählte ausgiebig von seinen erotischen Abenteuern und wälzte gern die Arbeit auf seine Kolleginnen ab. Wenn Nina aus ihrem kleinen separaten Zimmer in das Büro trat, machte sich mittlerweile niemand mehr die Mühe, wenigstens so zu tun, als würde gearbeitet. Und es fielen immer öfter Sprüche gegen Nina. Wenn sie nicht im Büro war, sprach Helge nicht mehr von Frau Schlamp, sondern sagte einfach Schlampe. Es wurden von den vier Mitarbeitern in ihrem Beisein allerlei Zettel geschrieben und weitergereicht, gelesen und unter Kichern zerrissen. Eines Tages, als ihre Mitarbeiter bereits Feierabend hatten, kramte Nina in den Papierkörben, um die zerrissenen Zettel herauszuholen und sorgsam zusammen zu kleben. Sie traute ihren Augen nicht. Mit zittrigen Händen steckte sie die Zettel in ihre abschließbare Schreibtischschublade. In nächster Zeit sollte diese Zettelsammlung noch gewaltig wachsen.

- 14 -

Piet saß Gisela an deren Schreitisch gegenüber und sagte:

»Kannst du mich mal auf den neuesten Stand bringen, was eigentlich mit der angeblichen Mörderin von Herrn Blumberg und dem Richter ist? Ich nehme an, dass Dennis aus Hamburg dich informiert hat.«

»Natürlich. Die Frau ist laut Auskunft der Fluggesellschaft ein paar Wochen vor Blumbergs Tod über Frankfurt eingereist. Dort hat sie einen Wagen gemietet, den sie ein paar Tage später in Hamburg abgegeben hat. Und das ist auch schon alles. Sie hat keine Kreditkarte mehr benutzt, kein Hotelzimmer in Hamburg genommen, nichts. Die Frau ist wie vom Erdboden verschluckt.«

»Hat Dennis sich in Australien erkundigt, ob da etwas vorliegt, ob sie vielleicht wieder eingetroffen ist oder was?«

»Das ist interessant. Also, es lag nichts gegen sie vor. Aber sie hat vor ihrer Abreise ihre Wohnung aufgelöst. Und sie hat keine Familie in Australien. Sie wird also mit an Sicherheit grenzender Wahrscheinlichkeit noch in Deutschland sein. Vermutlich hat sie mit Australien abgeschlossen.«

»Tja, weil sie Wichtigeres in Deutschland zu tun hat. Nachdem sie erfahren hatte, dass ihr Sohn zuerst wegen Mordes verurteilt worden war und sich dann im Knast umgebracht hat, muss bei ihr etwas durchgeknallt sein. Ich hoffe nur, dass Dennis sie bald findet. Nicht, dass die Dame auf die Idee kommt, mich auch noch umzubringen.«

»So blöd wird sie hoffentlich nicht sein. Sie weiß doch, dass sie gesucht wird. Wahrscheinlich führt sie ein ganz unauffälliges Leben.«

- 15 -

Es war ein ganz normaler Donnerstag, als sich das Leben von Nina Schlamp abrupt ändern sollte. Sie saß in ihrem Büro und kontrollierte, ob die Zahlungen, die Helge Dommen eingegeben hatte, korrekt waren. Natürlich war nicht alles korrekt. Sie fand wieder Fehler, die einfach nicht hätten passieren dürfen. Bei einer Zahlung war das Komma eine Stelle zu weit nach rechts gerückt. Und bei zwei Zahlungen waren die neuen Bankverbindungen nicht beachtet worden. Sie raufte sich die Haare. Dieser Kerl war für die Buchhaltung absolut ungeeignet. Und genau das würde sie auch heute der Geschäftsführerin sagen. Sie war es leid, ständig alles zu kontrollieren und sich dann auch noch blöd anmachen zu lassen. Zitternd vor Wut ging sie in das große Büro, in dem ihre vier Mitarbeiter saßen. Dort fand eine rege Unterhaltung statt, und niemand schenkte ihr, der Chefin, Beachtung.

»Ich störe Ihre Unterhaltung nur ungern, aber ich habe ein ernstes Anliegen.«

Die drei Frauen hörten sofort auf zu reden und schauten gespannt zu Nina. Nur Helge Dommen, der sich lässig auf seinem Stuhl lümmelte, bemerkte:

»Wenn Schlampen ein ernstes Anliegen haben, sollte man unbedingt zuhören.«

Rita, die jüngste Mitarbeiterin, kicherte. Die beiden anderen saßen gespannt da und warteten, was nun passieren würde. So direkt und unverhohlen war Helge seine Chefin noch nie angegangen. Das war eine ganz neue Qualität.

Nina wusste nicht, wie ihr geschah. In ihrem Magen krampfte sich alles zusammen, sie ging auf Helge zu, sah in diese grinsende Fratze – eine Sekunde, zwei Sekunden. Dann schlug sie zu. Sie versetzte ihm eine Ohrfeige, dass er das Gleichgewicht verlor und vom Stuhl kippte. Die drei Kolleginnen schrien auf. Rita sagte ganz entsetzt:

»Verdammt! Sind Sie verrückt geworden?«

Nina ging zurück in ihr Büro, holte den großen Umschlag mit den Schmähzetteln aus ihrer Schreibtischschublade und marschierte zurück in das Zimmer ihrer Mitarbeiter. Inzwischen war Helge aufgesprungen und brüllte an Nina gerichtet:

»Das hat Konsequenzen, du ausgetrocknete alte Fotze!«

Wie paralysiert ging Nina an ihm vorbei, öffnete die Tür und machte sich auf den Weg zur Geschäftsführerin.

- 16 -

Lilly hatte beschlossen, wieder nach Hause zu fahren. Sie hatte die Abwechslung in Schleswig-Holstein genossen. Aber jetzt wollte sie erst mal wieder zu Hause nach dem Rechten sehen. Ihr Freund Eddy war inzwischen bestimmt ganz vereinsamt. Und ihr Großneffe Amadeus und seine Frau Marie hatten sicherlich die Nase voll, ständig von Goslar nach Lautenthal zu fahren, um die Blumen in ihrem Garten zu gießen und zu schauen, ob alles in Ordnung war. Also machte sie ihre Runde bei den Nachbarn in der halben Straße in Kleinbötelkamp, um sich zu verabschieden. Piet bedankte sich ganz herzlich bei ihr für ihre Aktivität bei der Suche, als er entführt worden war. Freddy, mit dem sie die Aktion in Hamburg durchgeführt hatte, lächelte sie nur verschwörerisch an, damit sein Bruder nicht mitbekam, was er wieder angestellt hatte. Sabine, die neue Anwohnerin, war nicht zu Hause. An ihrem letzten Abend gab Lilly ihrer Freundin Gisela noch zu bedenken:

»Du solltest ein Auge auf Sabine haben. Mit der stimmt etwas nicht. Ich habe zwar keine Beweise. Aber die Frau ist nicht ganz koscher.«

»Oh, Lilly, sie ist eine ganz normale, nette Frau und bestimmt keine Massenmörderin.«

»Das behaupte ich ja auch gar nicht. Es reicht ja schon, wenn sie eine einfache Mörderin ist. Mit der Dame stimmt etwas nicht, glaube mir.«

Klaus konnte sich, wie immer, wenn Lilly solcherlei Sachen von sich gab, kaum halten vor Lachen. Es gab keinen anderen Menschen, der ihn so zum Lachen bringen konnte wie Lilly. Als Lilly dann am nächsten Morgen mit ihrem Auto um die Ecke verschwunden war, atmete Gisela tief aus und sagte zu ihrem Mann:

»Mein Gott, war das mal wieder ein Erlebnis. Ich bin ja schon froh, dass sie diesmal keine Leichen ausgegraben hat. Zum Glück ging es ja nur um eine Entführung, die dann gut ausgegangen ist.«

Klaus antwortete:

»Es ist noch nicht aller Tage Abend.«

- 17 -

Die Dinge nahmen ihren Lauf. Jetzt war es passiert. Die Sache war ins Rollen gekommen, und Nina konnte sie nicht mehr aufhalten. Wollte es auch gar nicht. Jetzt oder nie. Helge Dommen musste gehen. Sofort. Als sie das Zimmer der Sekretärin betrat, sah diese Nina ganz entsetzt an.

»Mein Gott, Frau Schlamp, was ist denn mit Ihnen los? Sie sehen ja aus, als ob…«

»Ich muss zur Chefin, und zwar sofort.«

Ihre Stimme klang gebrochen.

»Ist gut, gehen Sie rein.«

Nina klopfte und öffnete die Tür, ohne abzuwarten.

Rosalia Herzer-Neundorff, wie immer eine gepflegte Erscheinung, schaute ganz ungläubig von ihrem Schreibtisch auf. Sie war es nicht gewohnt, dass Nina einfach so hereinstürmte.

»Nanu, Nina, was ist denn mit Ihnen los?«

»Frau Herzer, so geht es nicht weiter. Was dieser Helge Dommen sich herausnimmt, ist unbeschreiblich. Jetzt bezeichnet er mich sogar schon als Schlampe. Und das vor den Kolleginnen. Ich mache das nicht mehr mit.«

»Nina, setzen Sie sich erst mal hin. Was ist denn das für ein Gerede? Als Schlampe soll er Sie bezeichnet haben? Mein Gott, das kann ich mir gar nicht vorstellen. Das war sicherlich nur ein Scherz. Erzählen Sie erst mal in aller Ruhe.«

Und das tat Nina nun. Allerdings nicht in Ruhe, sondern in einer Mischung aus Erregung, Resignation und Erleichterung, dass ihr endlich jemand zuhörte. Sie berichtete von Helges Arbeitsmoral, von seinen miesen Witzen, von den bescheidenen Leistungen bis hin zum Mobbing. Dann brach sie in Tränen aus und legte die

Sammlung mit den Zetteln auf den Schreibtisch ihrer Chefin.

»Was ist das denn für eine Zettelsammlung?«

»Das sind die Nachrichten, die meine Mitarbeiter sich in meinem Beisein schreiben. Bisher haben sie es ja nicht gewagt, solche Dinge offen zu sagen. Aber das hat sich heute geändert. Ich kann nicht mehr.«

Die Chefin nahm vorsichtig einige Zettel heraus und las laut: *»Schlampe hat heute besonders schlechte Laune.«*

Und in einer anderen Handschrift kam als Antwort:

»Wahrscheinlich Vibrator kaputt gegangen.«

Rosalia sah Nina verblüfft an und las den nächsten Zettel: *»Schlampe hat sich herausgeputzt.«*

Als Antwort: *»Hat wohl herausgefunden, dass Bananen keine gute Lösung sind.«*

Die Geschäftsführerin legte die Zettel aus der Hand und sprach mit fordernder Stimme zu Nina:

»Warum, um Himmels Willen, haben Sie das nicht unterbunden? Wenn Sie Ihre Leute nicht selbst in den Griff kriegen, dann müssen Sie zu mir kommen, verdammt noch mal!«

»Ich dachte ja immer, das gibt sich wieder. Früher hatte ich ja auch nie Probleme mit Mitarbeitern. Das ging erst los, als dieser Helge Dommen kam.«

»Ach, papperlapapp! Sie sind für die Abteilung verantwortlich. Und wenn nicht ordentlich gearbeitet wird und die Leute so viel Zeit haben, um sich über das Liebesleben der Abteilungsleiterin Briefe zu schreiben, dann stimmt etwas nicht.«

»Ab heute ist Schluss damit. Als Helge Dommen mich Schlampe genannt hat, habe ich ihm eine geknallt. Das sagt er nicht noch mal.«

»Was haben Sie getan? Sind Sie verrückt geworden? Sie können doch keine Mitarbeiter schlagen.«

Nun war Rosalia aufgesprungen und schaute zweifelnd auf ihre Buchhaltungsleiterin herunter. Dann sagte sie ganz ruhig:

»So kommen wir nicht weiter. Sie gehen jetzt erst mal nach Hause und beruhigen sich. Ich werde mir inzwischen die Mitarbeiter Ihrer Abteilung vornehmen, um mir selbst ein Bild zu machen und zu retten, was noch zu retten ist. Morgen sehen wir dann weiter.«

Völlig kraftlos verließ Nina den Raum ihrer Chefin. Das Büro ihrer Mitarbeiter war leer. Sie packte ihre Sachen und ging nach Hause in der Gewissheit, dass ihre Chefin schon für Gerechtigkeit sorgen würde, jetzt, wo alles raus war. Um sich zu beruhigen und nicht zu früh nach Hause zu kommen, was nur wieder blöde Fragen ihrer Mutter nach sich gezogen hätte, lief Nina in der Stadt herum, kaufte eine Bluse, ein paar Schuhe und einige Artikel im Reformhaus.

Als Nina am nächsten Morgen am Pförtner vorbeigehen wollte und ihm freundlich zunickte, antwortete dieser:

»Frau Schlamp, ich darf Sie nicht reinlassen. Anordnung von oben. Hier habe ich einen Brief für Sie. Sie müssen mir den Empfang quittieren.«

Zum ersten Mal in Ihrem Leben ging Nina morgens in ein Café. Sie bestellte einen Cappucino und ein Wasser. Dann öffnete sie den Brief:

Sehr geehrte Frau Schlamp,

aufgrund der seit einigen Monaten unerträglichen Situation in der von Ihnen geleiteten Abteilung, die heute darin gipfelte, dass Sie einen Mitarbeiter geschlagen und verletzt haben, sehe ich mich gezwungen, Sie mit sofortiger Wirkung zu entlassen. Aufgrund Ihrer langjährigen Mitarbeit im Unternehmen zahle ich Ihnen das Gehalt für diesen und die drei folgenden Monate weiter, wozu keine Verpflichtung besteht. Dies geschieht aus reinen Kulanzgründen.
Ich werde veranlassen, dass Ihnen die entsprechenden Papiere und eventuell aufgefundene private Gegenstände aus Ihrem Büro zugeschickt werden.

Mit freundlichen Grüßen

Rosalia Herzer-Neundorff
Geschäftsführerin

- 18 -

Nina hatte noch am selben Tag einen Termin bei einem Anwalt für Wirtschafts- und Arbeitsrecht bekommen. Er war ein junger, sympathischer Mann namens Klaus Weniger. Seine Kanzlei hatte er in einem schönen, alten Backsteinhaus in Kleinbötelkamp. Er bot Nina Kaffee an und bat sie, zunächst einfach mal zu erzählen. Das tat sie in allen Einzelheiten, angefangen von ihrem Eintritt in die Firma bis hin zu den jüngsten Begebenheiten, die schließlich in die Katastrophe geführt hatten.

»Also, Frau Schlamp, jetzt beruhigen Sie sich erst mal. Sie sehen ja aus wie das heulende Elend. Dazu besteht aber kein Grund. Wie ich den Fall einschätze, haben Sie gute Aussichten, dass wir da einiges für Sie herausholen. Ich vertrete meistens die andere Seite, also Unternehmen, die Probleme haben. Deshalb weiß ich sehr gut, dass die Geschäftsführerin jetzt Blut und Wasser schwitzt. Denn ihr Verhalten Ihnen gegenüber war absolut nicht in Ordnung. Sie hätte zumindest den Versuch unternehmen müssen, als Mediatorin zwischen Ihnen und den Mitarbeitern wieder alles ins Lot zu bringen. Sich einfach so auf eine Seite zu schlagen und Ihnen für alles die Schuld zu geben, ist nicht in Ordnung. Schon gar nicht, wenn man achtunddreißig Jahre zur Zufriedenheit der Geschäftsleitung gearbeitet hat.«

»Ich will aber gar nichts herausschlagen. Ich will meine Arbeit zurück. Was soll ich denn noch machen mit meinen fünfundfünfzig Jahren?«

»Ich glaube nicht, dass Sie sich nach diesen Vorkommnissen in der Firma noch wohlfühlen würden. Trotzdem können wir auf Wiedereinstellung klagen. In der Praxis würde das dann wohl so aussehen, dass Sie eine hohe Abfindung bekommen, um die Zeit bis zur Rente überbrücken zu können. Abgesehen davon kann ich mir gut vorstellen, dass eine so erfahrene Kraft wie Sie durchaus noch Chancen auf dem Arbeitsmarkt hat. Ich werde auf jeden Fall Klage beim Arbeitsgericht einreichen. Wir lassen uns nicht unterkriegen.«

Nina hatte wieder Hoffnung geschöpft. Das größte Problem war jetzt allerdings, ihrer ewig nörgelnden Mutter beizubringen, dass sie keine Arbeit mehr hatte. Sie würde sowieso ihr die alleinige Schuld geben. Und wenn sie dann nach drei Monaten kein Geld mehr kriegen würde, was dann? Sie durfte gar nicht daran denken. Bevor sie abhängig von ihrer Mutter wäre, würde sie sich lieber umbringen.

- 19 -

Der Prozesstermin rückte näher. Ninas Anwalt hatte es bewerkstelligt, dass Helge Dommen den Strafantrag wegen Körperverletzung zurücknahm. Im Gegenzug verzichtete sie auf eine Klage wegen Beleidigung. Außerdem hatte Nina von der Sekretärin der Geschäftsführerin erfahren, dass kurz nach ihrem Ausscheiden eine neue Buchhaltungsleiterin eingestellt worden war, eine resolute Frau von Mitte vierzig. Nach nur einer Woche war sie zu Frau Herzer-Neundorff gegangen und hatte verlangt, Helge Dommen zu entlassen. Die Sekretärin hatte gelauscht und gehört, wie die Buchhalterin etwas sagte von *fauler Sack, dumm wie Brot, arroganter Schnösel.* Die Geschäftsführerin hatte dem Wunsch der neuen Buchhalterin entsprochen. Das war schon mal eine kleine Genugtuung für Nina, die nun relativ hoffnungsfroh auf den Ausgang ihres Prozesses vor dem Arbeitsgericht schaute.

Um dem ständigen Gejammer ihrer Mutter zu entgehen, war Nina dazu übergegangen, sich stundenlang in ihrem Schlafzimmer einzuschließen und sich mit ihrem Laptop zu beschäftigen. Dabei war sie über diverse Mobbing-Seiten auf eine Plattform gestoßen, die sich mit dem Thema Rache befasste. Auch hier gab es eine Abteilung Mobbing. Was aber alle, die sich hier am Dialog beteiligten, verband, war, sich nicht mit der justiziablen Gerechtigkeit abzufinden, sondern sich durch einen eigenen Akt der Gerechtigkeit zu befreien. In einem Forum lernte Nina eine Teilnehmerin mit Namen »Nemesis« kennen. Diese Dame bot sogar an, sich persönlich mit Nina zu treffen. Früher hätte sie so etwas nie getan. Aber seit ihrem Rausschmiss waren fast drei Monate vergangen. Nina war nicht mehr dieselbe. Sie hatte sich von dem grauen, schmuddeligen

Fußabtreter immer mehr zu einer Frau entwickelt, die klar sagte, was sie wollte, was sie störte und was sie von jemandem hielt. Ihre Mutter hatte es als Erste zu spüren bekommen. Es gab mittlerweile fast jeden Trag Krach in der kleinen Eigentumswohnung, die sich die beiden Frauen teilten.

Man traf sich in Niendorf. Nina, die der Frau natürlich einen anderen Namen genannt hatte, war beeindruckt von Nemesis, wie sie sich in der virtuellen Welt, aber auch Nina gegenüber nannte. Nemesis ist die griechische Göttin des gerechten Zorns, sagte sie. Nemesis war etwa Mitte vierzig und sah gut aus. Das Gesicht vielleicht eine Spur zu verlebt. Die beiden Frauen schlenderten langsam bis Timmendorfer Strand, wo sie ein spätes Frühstück zu sich nahmen. Was sie Nina zum Thema Rache erzählte, klang zwar ganz plausibel. Und sie konnte vieles davon auch nachvollziehen. Aber es machte ihr auch Angst.

»Also, ich gebe meine Telefonnummer nicht heraus. Ich werde dich nach dem Prozess von einer Telefonzelle aus anrufen. Dann reden wir noch mal. Und gegebenenfalls stehe ich dir mit Rat und Tat zur Seite.«

»Ja, das ist prima. Im Moment bin ich noch nicht soweit. Jetzt kommt erst mal der Prozess vorm Arbeitsgericht. Dann sehe ich weiter. Aber es war wirklich gut, dich kennenzulernen. Durch den Kontakt zu dir geht es mir erheblich besser. Man ist nicht allein.«

In der Verhandlung legte der gegnerische Anwalt in epischer Breite dar, warum man sich fristlos von Nina Schlamp habe trennen müssen. Da kamen Floskeln wie *unfähig, Menschen zu motivieren, introvertierte Persönlichkeit, mangelhafte Kommunikation* und vieles mehr.

Im Anschluss daran stellte Ninas Anwalt Klaus Weniger die Frage: »Wie unfähig muss denn eigentlich die Geschäftsleitung eines Unternehmens sein, die in einem Zeitraum von achtunddreißig Jahren nicht bemerkt, was für einer inkompetenten Kraft sie die Verantwortung für ihre Buchhaltung übertragen hat? Und wenn diese Mitarbeiterin sich dann mal an die Geschäftsleitung wendet und um Hilfe bittet, wird sie kaltlächelnd rausgeschmissen. Wo ist denn da die Kommunikationsfähigkeit der Geschäftsführerin? Wo ist das Einfühlungsvermögen in eine Mitarbeiterin, die sich für das Unternehmen aufgeopfert hat?«

Man warf sich die Argumente gegenseitig an den Kopf. Klaus Weniger lief zu Höchstform auf. Es wurde vom Gericht festgestellt, dass Frau Schlamp auf das Übelste gemobbt worden war. Und dass die Geschäftsleitung hier hätte Abhilfe schaffen müssen. Auf der anderen Seite hätte sich Frau Schlamp schon wesentlich eher an die Geschäftsleitung wenden müssen, wenn sie allein nicht damit fertig wurde. Schließlich endete die Sache mit einem Vergleich. Nina würde ein Jahresgehalt bekommen.

»Mehr war da nicht rauszuholen, Frau Schlamp«, sagte Klaus ihr später vor dem Gerichtsgebäude.

»Sie haben ihr Bestes getan, Herr Weniger. Ich weiß das zu schätzen. Wie Sie die Geschäftsleitung angegangen sind, das war großartig.«

Nina wusste, dass sie zu einem gewissen Teil selbst Schuld war, dass alles so gekommen war. Aber das entschuldigte nicht das Verhalten von diesem Helge Dommen. Kein Mensch hatte ihn gezwungen, sie zu behandeln wie Dreck. Und es entschuldigte auch nicht das Verhalten von Frau Herzer-Neundorff. Dieses verdammte Modepüppchen hätte ihr helfen müssen, als sie sie um Hilfe gebeten hatte. Ihr werdet schon noch sehen, was ihr davon habt. Ich lasse mich in meinem Leben nicht mehr schubsen.

Am Abend bekam Nina einen Anruf von Helge Dommen, der offenbar angetrunken war. Er gab einige obszöne Bemerkungen von sich. Nina legte einfach auf. Eigentlich hatte sie sich inzwischen mit allem abgefunden. Aber dieser Anruf nagte an ihr, und sie steigerte sich in eine unbändige Wut hinein und hoffte, dass Nemesis bald anrufen würde.

- 20 -

»Männliche Leiche am Strand von Niendorf. Piet, du kommst mit. Achim, du bist ja noch anderweitig beschäftigt«, sagte Gisela, als sie ihr Gemeinschaftsbüro betrat.

Piet erhob sich sofort und lächelte Gisela an, während Achim nur ein grunzendes Geräusch von sich gab.

Am Tatort war bereits die Spurensicherung zugange. Erste Spaziergänger hatten die Leiche morgens kurz nach sieben gefunden.

»Mensch, das ist ja noch ein ganz junger Kerl«, sagte Gisela.

Der junge Mann lag dicht am Hang der Steilküste und war provisorisch mit Sand bedeckt. Er hatte je einen Schuss im Kopf und in der Brust. Ein Kollege von der Spurensicherung kam auf Gisela und Piet zu und sagte:

»Der Tod ist etwa zwischen elf und zwölf Uhr gestern Abend eingetreten. Er hatte seinen Führerschein dabei. Name: Helge Dommen. Alter: vierundzwanzig.«

Wieder im Büro, ließ Gisela zwei Assistentinnen alles über den Toten herausfinden. Er hatte eine kleine Wohnung in Lübeck. Er war alleinstehend, seit kurzem als arbeitslos gemeldet. Die Eltern wohnten in Bad Schwartau.

»Piet, wir fahren am besten gleich mal zu den Eltern.«

»Tja, das ist wohl unvermeidlich. Ich muss sagen, seitdem ich Vater bin, habe ich bei solchen Sachen ein noch beklemmenderes Gefühl als früher. Eltern solche Nachrichten zu überbringen, ist wohl das Mieseste, was der Job mit sich bringt.«

»Ist klar. Aber das kommt ja bei uns glücklicherweise nicht sehr oft vor. Also, raff dich auf.«

Helges Eltern wohnten in einem luxuriösen Zweifamilienhaus in Bad Schwartau. Die untere Etage wurde für das Büro der kleinen Importagentur genutzt, und oben wohnte das Ehepaar, das nur diesen einen Sohn hatte. Die Mutter, eine Frau von Anfang fünfzig, war gar nicht in der Lage, sich mit Gisela und Piet zu unterhalten. Sie saß nur da und hörte ungläubig zu, wie ihr Mann, der vielleicht Ende fünfzig sein mochte, relativ gefasst Auskunft gab.

»Feinde hatte der Junge nicht. Jedenfalls nicht, dass ich wüsste. Er war ein Luftikus, hat das Leben leicht genommen. Vielleicht etwas zu leicht. Das Abitur hat er versaut. Dann hat er eine Lehre gemacht. Eigentlich sollte er diese Firma hier mal übernehmen. Aber ich wollte, dass er erst mal etwas anderes sieht. Da habe ich ihn in einer Firma untergebracht, mit der wir zusammenarbeiten. Er sollte dort vor allem die Buchhaltung richtig kennenlernen. Aber vor kurzem gab es einen Personalwechsel. Und da hat man ihn entlassen.«

»Aber ein Personalwechsel ist doch kein Grund für eine Entlassung«, entgegnete Gisela.

»Das habe ich mir auch gesagt. Deshalb habe ich die Chefin angerufen. Sie erzählte mir dann unumwunden, dass die neue Buchhaltungsleiterin nicht mit seinen Leistungen zufrieden war. Außerdem sei er auch unangenehm aufgefallen. Er soll seine vorige Chefin beleidigt und provoziert haben. Das ging so weit, dass sie ihm eine geknallt hat.«

Gisela schaute ganz verdutzt und meinte:

»Ich denke, wir müssen uns selbst mit den Leuten in seiner alten Firma unterhalten. Vielleicht können uns ja die Kollegen auch etwas über sein Privatleben sagen, welchen Umgang er hatte und so weiter.«

Als sie das Haus der Dommens verlassen hatten, meinte Piet zu Gisela:

»Na, das scheint ja ein ziemliches Früchtchen gewesen zu sein. Verzogenes Einzelkind, Erbe einer Firma, Kronprinz, der sich in der Welt umsehen soll und nur Mist baut.«

»Da könntest du durchaus richtig liegen.«

Frau Herzer-Neundorff konnte gar nicht glauben, dass Helge Dommen tot war, noch dazu ermordet. Sie saß zusammen mit Gisela und Piet am kleinen Besprechungstisch ihres Büros.

»Er war ein gutaussehender, freundlicher, junger Mann, der ständig Witze erzählte und sich über alles und jeden lustig machen konnte. Dadurch hat natürlich die Arbeitsmoral gelitten. Seine Leistungen ließen sehr zu wünschen übrig. Ich habe das eine Zeitlang so hingenommen, weil er der Sohn eines Unternehmers war, mit dem wir zusammenarbeiten. Außerdem hat mich die frühere Buchhaltungsleiterin nicht rechtzeitig darüber informiert. Nach einem Wechsel der Abteilungsleiterin blieb mir allerdings nichts anderes übrig, als ihn zu entlassen. Er hat sich in letzter Zeit einfach zu viel rausgenommen. Und die neue Buchhaltungsleiterin hat auf seiner Entlassung bestanden.«

»Und was war mit der vorigen Leiterin der Buchhaltung?«, wollte Gisela wissen.

»Frau Schlamp, Nina Schlamp. Ach, das war eine üble Sache. Er hat sie derart provoziert, dass sie ihm eine geknallt hat. Die ganze Zeit hat sie alles durchgehen lassen, ohne mir mal ein Wort zu sagen. Und dann ist sie irgendwann durchgedreht. Helge hat sie gemobbt, und sie hat sich nicht gewehrt. Ich habe Frau Schlamp nach dem Vorfall entlassen.«

»Aber war das nicht ziemlich ungerecht? Hätten Sie nicht lieber Helge Dommen entlassen sollen?«, fragte Piet.

»Im Grunde hätte ich beide entlassen sollen. Helge aufgrund seines Benehmens und seiner schlechten Leistungen und Frau Schlamp wegen ihrer absoluten Unfähigkeit, Menschen zu führen.«

»Ich kann mir vorstellen, dass Frau Schlamp ziemlich niedergeschlagen oder auch wütend war, dass sie wegen diesem jungen Kerl ihre Stelle verloren hat«, merkte Gisela an.

»Sie ist natürlich vors Arbeitsgericht gegangen. Der Prozess fand letzte Woche statt und endete mit einem Vergleich. Sie bekommt ein Jahresgehalt von uns. Aber ich denke schon, dass sie noch lange leiden wird, dass sie im Grunde wegen Helge ihre Stelle verloren hat. Aber sie hätte einfach mit ihm fertig werden müssen. Das war ihr Job.«

Gisela setze noch einmal nach: »Können Sie sich vorstellen, dass Frau Schlamp so wütend und hasserfüllt war, dass sie etwas mit dem Tod des jungen Mannes zu tun haben könnte? Immerhin hat sie ihn ja geschlagen.«

Jetzt musste Frau Herzer-Neundorff lächeln.

»Nina Schlamp? Nie im Leben. Ihre ganze Energie aus achtunddreißig Jahren Firmenzugehörigkeit hat sich in diesem einen Schlag erschöpft. Ich glaube nicht, dass Sie hier in der Firma auf die richtige Spur kommen. Vielleicht kann Ihnen ja eine der Kolleginnen aus der Buchhaltung etwas über Helges Privatleben sagen. Er hat ja viel Zeit damit verbracht, die Damen über seine Ausschweifungen zu informieren.«

Gisela und Piet bedankten sich bei der Geschäftsführerin für das Gespräch, ließen sich die Adresse von Nina Schlamp geben und unterhielten sich dann noch mit den Mitarbeiterinnen der Buchhaltung. Die drei ehemaligen Kolleginnen sprachen in den höchsten Tönen von ihm. Was für ein toller Kerl, immer freundlich, witzig, charmant, gut aussehend und und und. Eine Kollegin brach gar in Tränen aus. Ein ganz anderes Bild zeichnete die neue Leiterin:

»Er war eine absolute Null. Faul, egozentrisch, völlig nutzlos für die Arbeit hier. Er hat den ganzen Laden versaut. Es ist mir schleierhaft, warum die vorige Abteilungsleiterin das geduldet hat. Ich habe sofort erkannt, was das für einer ist. Nach nur einer Woche habe ich der Geschäftsleitung gesagt, dass ich mit dem nicht zusammenarbeiten werde.«

Als die beiden Kriminalbeamten zum Auto gingen, sagte Gisela zu Piet: »Ich denke, zunächst nehmen wir uns mal diese Nina Schlamp vor. Wenn wir da nicht weiterkommen, tauchen wir in den Freundeskreis des Opfers ein.«

- 21 -

Dass Lilly nach Hause gefahren war, um nach dem Rechten zu sehen, war natürlich nur ein Teil der Wahrheit. Sie wäre allein schon aus dem Grund gern in Kleinbötelkamp geblieben, um sich weiter mit Giselas Nachbarin Sabine zu beschäftigen. Aber sie hatte einen unaufschiebbaren Termin in Clausthal-Zellerfeld. Genauer gesagt: beim dortigen Amtsgericht. Vor ein paar Monaten war es in ihrem Heimatstädtchen Lautenthal zu einem Vorfall gekommen. Lilly hatte ein paar Besorgungen gemacht und sich anschließend im Marktgarten auf eine Bank gesetzt, um den Blick auf den Springbrunnen zu genießen. Dort spielten drei Kinder mit ihren Schiffchen. Natürlich machten sie etwas Lärm und bespritzten sich gegenseitig mit Wasser. Lilly mochte das. Da kam ein Mann von Anfang siebzig vorbei und wurde von den Kindern versehentlich vollgespritzt. Der fing gleich an zu wettern, als ob man ein Attentat auf ihn verübt hätte. Er brüllte die Kinder an, sie sollten sich doch verpissen. Lilly traute ihren Ohren nicht. Natürlich ging sie auf den Mann zu, um ihn zu maßregeln:

»Hören Sie mal zu, Sie rüder Geselle. Ich weiß ja nicht, auf welchem Misthaufen Sie aufgewachsen sind. Vielleicht war es da ja üblich, so mit Kindern umzugehen. Aber ich verbiete Ihnen, diese netten, spielenden Kinder so zu behandeln. Wenn Ihnen diese paar Wassertropfen so zu schaffen machen, dann gehen Sie doch weg. Außerdem sollten Sie mal auf Ihre Wortwahl achten.«

Der Mann starrte Lilly mit offenem Mund an. Erst nach ein paar Sekunden war er im Stande, zu antworten, wobei seine Stimme an Lautstärke noch zunahm:

»Ich lass mich doch von diesen Bälgern nicht nassspritzen. Was geht Sie das eigentlich an, Sie alte Schrapnelle?«

Das war zu viel für Lilly. Sie schubste den Mann kurzerhand und er fiel rücklings in den Brunnen. Es gab einen gewaltigen Klatsch und eine Flutwelle, da der Mann nicht gerade schlank war.

»So, das haben Sie jetzt davon, Sie verdammter Schmandrachen!«

Inzwischen waren ein paar Leute dazugekommen, um das Schauspiel zu beobachten. Die Kinder kreischten vor Vergnügen, und der Mann hatte größte Schwierigkeiten, aus dem Brunnen herauszukommen, so ungelenk, wie er war. Als Lilly sich zum Gehen wandte, rief der Mann ihr hinterher: »Das hat Konsequenzen. Ich weiß, wer Sie sind. Ich zeige Sie an.«

Einige Zeit später bekam Lilly Post vom Staatsanwalt. Einen Strafbefehl wegen Körperverletzung. Sie sollte dreihundert Euro zahlen. Ohne sich mit ihrem Großneffen, dem Rechtsanwalt Amadeus Besserdich, abzusprechen, antwortete sie dem Staatsanwalt, dass sie gar nicht daran dächte, dem Strafbefehl Folge zu leisten. Allein das Wort Befehl sei eine Unverschämtheit, schrieb sie. Außerdem habe sie in Notwehr und Nothilfe gehandelt, um sich und die Kinder vor diesem Unhold zu schützen. Also blieb dem Staatsanwalt nichts anderes übrig, als ein Verfahren zu eröffnen. Und heute war nun die Verhandlung.

Richter Ulrich Geist, ein ehemaliger Schüler Lillys, lehnte es ab, die Verhandlung zu führen. Er erklärte sich für befangen. Und das war er auch. Seit sie vor zwei Jahren in einem von ihm geleiteten Prozess als Zeugin aufgetreten war, bekam er jedesmal Angstzustände, wenn er den Namen Lilly Höschen nur hörte. Sie hatte ihn im Gerichtssaal geduzt und ihn als liderlichen Bengel bezeichnet. Und er hatte das alles geschehen lassen, weil er wie ohnmächtig war in ihrer Gegenwart. Sollte sich doch die neue Kollegin mit der Alten beschäftigen. Die würde ihre wahre Freude haben.

Als Verteidiger hatte sich Lillys Großneffe Amadeus zur Verfügung gestellt. Er hatte zwar eine hervorragende Stelle bei Beermann Consult in Goslar, wo er sich vorwiegend um die Ausgestaltung von internationalen Vertragsentwürfen kümmerte. Mit irgendwelchen Ehekriegern, Nachbarschaftsstreitereien oder alten Damen, die Leute in Brunnen schubsen, wollte er nie wieder etwas zu tun haben. Da er jedoch noch immer seine Zulassung als Strafverteidiger hatte, blieb ihm nichts anderes übrig, als Großtante Lilly vor Gericht beizustehen. Am liebsten hätte er den läppischen Strafbefehl seiner Tante aus eigener Tasche bezahlt. Aber bei Lilly ging es ums Prinzip. Also saß er nach längerer Zeit mal wieder im altehrwürdigen Amtsgericht in Zellerfeld.

Es waren ungewöhnlich viele Zuhörer im Sitzungssaal. Niemand, der von diesem anstehenden Prozess gehört hatte, durfte sich das entgehen lassen. Gerade als die Richterin mit den Schöffen den Saal betrat, kam auch Lilly endlich und setzte sich neben Amadeus, der bereits Blut und Wasser geschwitzt hatte, dass seine Großtante so spät dran war. Er atmete so tief und geräuschvoll aus, dass er die Blicke der Richterin, einer attraktiven Dame von Anfang vierzig, auf sich zog. Lilly stand wieder auf, um dem Gericht ihren Respekt zu zollen. Dann durften sich alle setzen. Der Staatsanwalt, ein etwas klein geratener junger Mann, verlas freundlich lächelnd die Anklage. Dann wurde Lilly von der Vorsitzenden gefragt, ob sie denn Angaben machen wolle.

»Nun, zu gegebener Zeit vielleicht. Ich möchte mir zunächst mal anhören, was der Brunnensspezialist hier für einen Blödsinn erzählt.«

»Sie meinen den Geschädigten, Herrn Kixmüller?«

»Wenn hier jemand geschädigt wurde, dann sind das die Kinder und ich.«

»Nun gut, dann soll bitte der erste Zeuge kommen. Herr Anton Kixmüller, bitte.«

Betont langsam kam der wassergeschädigte Mann in den Saal. In der Hand hielt er einen Sitz, wie ihn Hämorrhidialleidende benutzen, oder auch Leute, die aus anderen Gründen Schwierigkeiten mit dem Sitzen haben. Die Ähnlichkeit dieser Sitzhilfe mit einem Schwimmreifen lag auf der Hand. Offenbar wollte der Mann demonstrieren, wie gebrechlich er war. Als er im Zeitlupentempo endlich den Zeugenstuhl erreicht hatte, sagte Lilly:

»Sie haben wohl Ihren Schwimmreifen mitgebracht, weil Ihnen das Wasser bis zum Hals steht?«

Lacher im Publikum. Die Richterin sagte mit lauter Stimme: »Fräulein Höschen! Bitte!«

Herr Kixmüller, der die Richterin gar nicht beachtete, antwortete an Lilly gerichtet:

»Erst bringen Sie mich fast um und dann machen Sie sich auch noch über mich lustig. Aber heute werden Sie dafür büßen.«

Nun wurde die Vorsitzende leicht ungehalten. Während Herr Kixmüller sich schwerfällig auf dem Kissen niederließ, das er auf den Zeugenstuhl gelegt hatte, herrschte die Richterin ihn an: »Herr Kixmüller, hier spielt die Musik.«

Nach der Belehrung und den Angaben zur Person erging sich Herr Kixmüller dann in einer endlosen Litanei über all das Furchtbare, was Lilly ihm angetan haben sollte. Zur Ausschmückung nahm er auch immer wieder Bezug auf seinen ohnehin kläglichen Gesundheitszustand. Er ließ sich dabei auch nicht von der Vorsitzenden unterbrechen. Als er einmal Luft holen musste, sah Amadeus als Verteidiger die Chance, einzuhaken:

»Herr Kixmüller, Sie sind mindestens einsachtzig groß, wiegen – « jetzt schaute er abwägend auf den Zeugen – »gut und gern hundertfünfzig Kilo. Sie sind zehn Jahre jünger als meine Mandantin, die nur einssechzig groß ist und weniger als sechzig Kilo wiegt. Jetzt erklären Sie mir doch mal, wie diese halbe Portion – « er sah Lilly Entschuldigung heischend an, »Sie derart brutal malträtiert haben soll. Sie haben meine Mandantin und ein paar spielende Kinder beleidigt und bedroht, und meine Mandantin hat Ihnen in einer Aktion von Zivilcourage einen kleinen Schubs versetzt. Da Sie mit dem Rücken zum Brunnen standen, haben Sie den Halt verloren und ein Bad genommen. Noch dazu bei strahlend schönem Sommerwetter. Das ist alles. Bleiben Sie doch gefälligst auf dem Teppich! Außerdem liegt kein medizinisches Gutachten vor, demzufolge Sie irgendwie Schaden genommen haben.«

Lilly lächelte übers ganze Gesicht, und die Vorsitzende sah den Zeugen mit großen Augen an. Offenbar hatte Amadeus ihr aus der Seele gesprochen. Herr Kixmüller, der während Amadeus' Beitrag den Mund vor lauten Staunen nicht hatte schließen können, verdoppelte seine Lautstärke und setzte seine Litanei fort. Nach weiteren fünf Minuten wurde er von der Vorsitzenden unterbrochen:

»Ich denke, wir haben jetzt alle verstanden, was Sie uns hier mitteilen wollten. Hat noch jemand Fragen an den Zeugen?«

Staatsanwalt und Verteidiger schwiegen. Doch Herr Kixmüller fuhr fort:

»Aber ich bin doch noch gar nicht fertig.«

Die Vorsitzende hakte gleich wieder ein:

»Sie sind als Zeuge hier und haben all unsere Fragen beantwortet. Bitte nehmen Sie jetzt hinten Platz.«

Beleidigt erhob sich der Zeuge schwerfällig von seinem auf dem Stuhl liegenden Sitzkissen, wobei er diverse Geräusche verursachte. Und Lilly, die einfach ihren Mund nicht halten konnte, sagte laut:

»Ach, das ist gar kein Schwimmreifen, sondern ein Furzkissen.«

Es folgten Lachsalven aus dem Publikum, und auch Staatsanwalt, Verteidiger und Schöffen konnten nicht mehr an sich halten. Selbst die Richterin vergrub das Gesicht in ihren Händen, bis sie wieder in der Lage war zu sprechen:

»Meine Damen und Herren, nach dieser komödiantischen Einlage bitte ich wieder um Ruhe.«

Dann wurde der nächste Zeuge aufgerufen, nämlich eines der Kinder, das am Brunnen gespielt hatte. Es war der neunjährige Leon, der der Richterin in allen Einzelheiten erzählte, was passiert war. Er endete mit den Worten:

»Wir hatten solche Angst vor dem Mann, dass er uns schlägt. Er hat uns angeschrien: verpisst euch, ihr verdammten Bälger, sonst passiert was.«

Als Herr Kixmüller anfing, die Vernehmung des Kindes zu kommentieren, verbat die Richterin ihm rüde den Mund. Nachdem der Junge den Saal wieder verlassen hatte, sagte die Vorsitzende mit Blick auf den Staatsanwalt:

»Die Aussage des Kindes erscheint mir absolut glaubwürdig. Trotzdem meine ich, dass die Nothilfe hier auch etwas anders hätte aussehen können. Wenn alle Beteiligten einverstanden sind, verzichten wir auf die weiteren Zeugen. Und ich schlage vor, dass Sie, Herr Staatsanwalt, das Verfahren wegen geringer Schuld gegen eine kleine Geldauflage von, sagen wir mal, zweihundert Euro, einstellen.«

Der Staatsanwalt nickte freundlich, und Amadeus sagte: »Einverstanden.«

Herr Kixmüller stieß völlig entrüstet hervor:

»Geringe Schuld? Die Alte hat mich fast umgebracht.«

»Sie haben jetzt Sendepause, Herr Kixmüller!«, herrschte ihn die Vorsitzende an.

Nun musste Lilly es natürlich wieder auf die Spitze treiben:

»Das ist ja interessant. Die Richterin macht einen Vorschlag, der kleine Herr Staatsanwalt nickt freundlich lächelnd, und mein Herr Verteidiger ist auch einverstanden. Aber niemand fragt mich, ob ich einverstanden bin. Ich kann auch auf einem Urteil bestehen. Und wenn dieses Urteil mir nicht genehm ist, kann ich in Revision gehen.«

Amadeus sah seine Großtante flehentlich an. Die Richterin staunte, und dem Staatsanwalt verging zum ersten Mal während der Verhandlung das Lächeln. Nach einigen Sekunden gespannten Schweigens sagte Lilly schließlich:

»Um des lieben Friedens Willen und weil ich dem auf einem Schwimmreifen sitzenden Menschen nicht die Genugtuung einer Verurteilung zuteil werden lassen will, bin ich einverstanden, zweihundert Euro an den Kinderschutzbund zu zahlen. Außerdem würde ich diesen unerquicklichen Ort gern verlassen und eine rauchen.«

Amadeus atmete tief aus, die Richterin faltete erleichtert die Hände, und der kleine Staatsanwalt lächelte wieder übers ganze Gesicht.

Am Nachmittag rief Lilly bei Gisela in Kleinbötelkamp an und verlangte die Adresse, wo ihre Nachbarin Sabine zuletzt in Australien gelebt hatte.

»Lilly, das kann ich nicht machen.«

»Und ob du das kannst. Adressen sind keine Geheimnisse. Ich kann auch diese Frau Sabine selbst anrufen.«

Als sie die Adresse hatte, verlangte sie auch noch die frühere australische Adresse von Frau Blumberg, die ja nach wie vor unter Verdacht stand, ihren geschiedenen Mann und den Richter in Hamburg umgebracht zu haben.

»Lilly, das geht jetzt wirklich zu weit.«

»Gut, dann rufe ich eben diesen dicken Dennis von der Hamburger Kripo an.«

»Um Gottes Willen!«

Schließlich bekam sie auch diese Adresse von Gisela.

»Ich will ja nur ein bisschen im Internet herumklimpern.«

Das war eine glatte Lüge von Lilly. In Wirklichkeit hatte sie vor ein paar Tagen einen Flug nach Australien gebucht.

- 22 -

Als Gisela und Piet bei Nina Schlamp klingelten, öffnete eine ältere Dame, die ein Gesicht hatte wie eine beleidigte Leberwurst.

»Ja bitte?«

»Guten Tag, mein Name ist Gisela Weniger und das ist Herr Hermann. Wir möchten gerne zu Frau Nina Schlamp.«

Die Frau schloss, ohne ein Wort zu sagen, die Tür. Ein paar Sekunden später kam Nina an die Tür.

»Hallo, ich bin Nina Schlamp. Was kann ich für Sie tun?«

»Gisela Weniger und Piet Hermann vom Landeskriminalamt. Frau Schlamp, wir müssen Sie sprechen. Dürfen wir hereinkommen?«

Nina war völlig durch den Wind. Damit hatte sie nicht gerechnet. Sie wusste gar nicht, was sie machen sollte. Wohnzimmer, dachte sie. Ich führe sie ins Wohnzimmer. Stattdessen stotterte sie:

»Hier oder bei der Polizei?«

»Wenn es geht, hier. Deshalb fragte ich ja, ob wir hereinkommen dürfen.«

»Ach so, ja. Ich bin nur etwas aufgeregt. Kommen Sie ins Wohnzimmer.«

Sie führte sie über die kleine Diele in das grausam verunstaltete Wohnzimmer. Nachgemacht altdeutsche Möbel, Plüschkissen, Stickbilder an der Wand. Auf den Sitzmöbeln lagen Sesselschoner. Alles schien geradezu steril reinlich. Es roch nach Putzmitteln. Als Nina die Tür geschlossen hatte, kam die Mutter herein, die Nina gleich abwehrte: »Mutter, würdest du mich bitte mit meinem Besuch allein lassen?«

Die alte Dame setzte ein inquisitorisch beleidigtes Gesicht auf und machte kehrt. Als Gisela und Piet die beiden Sessel mit Schoner eingenommen hatten, musste Nina sich auf das kaum benutzte Sofa setzen.

»Frau Schlamp«, begann Gisela, »heute Morgen wurde Helge Dommen tot aufgefunden. Er wurde ermordet.«

Ninas Gesicht spiegelte blankes Entsetzen wider.

»Was? Er wurde ermordet? Wie denn das? Und warum?«

Nun mischte sich Piet ein:

»Wir hatten eigentlich erwartet, dass Sie uns hier vielleicht weiterhelfen können.«

»Um Gottes Willen, wie soll ich Ihnen denn da weiterhelfen? Ich kannte ihn ja nur vom Betrieb her und hatte sonst nichts mit ihm zu tun.«

»Na, das reicht doch schon. Wie wir gehört haben, hat er Ihnen ordentlich zugesetzt. Sie haben seinetwegen sogar Ihre Stelle verloren. Eigentlich müssten Sie ihn hassen.«

Nina wurde immer nervöser und ungehaltener. Sie konnte nicht stillsitzen und hantierte ständig mit ihren Händen herum. Die beiden Kommissare zogen ihre Schlussfolgerungen und Piet setzte noch einen drauf:

»Frau Schlamp, haben Sie Helge Dommen umgebracht?«

Jetzt wurde Nina hysterisch. Sie brüllte fast:

»Um Gottes Willen! Wo denken Sie hin? Er war zwar ein widerwärtiger Kerl. Wahrscheinlich noch viel zu unreif für das richtige Leben. Er hatte Spaß daran, andere fertigzumachen. Aber deshalb erschieße ich ihn doch nicht einfach.«

»Und woher wissen Sie dann, dass er erschossen wurde? Das haben wir nicht gesagt. Wir redeten lediglich von ermordet.«

»Ich weiß ja gar nicht, dass er erschossen wurde. Ich habe das nur so gesagt. Sie machen mich total nervös. Es kommt ja nicht jeden Tag vor, dass ein ehemaliger Mitarbeiter umgebracht wird. Aber das hat doch mit mir nichts zu tun.«

»Wo waren Sie gestern Abend zwischen zehn und zwölf Uhr?«

»Na, wo schon? Hier war ich. Ich saß mit meiner Mutter bis zehn Uhr vor dem Fernseher. Und dann bin ich ins Bett gegangen. Fragen Sie doch meine Mutter.«

Gisela öffnete die Wohnzimmertür und fand die lauschende Mutter, die so tat, als würde sie Staub wischen, obwohl es in dieser Wohnung wahrscheinlich kein einziges Staubkorn gab. Jedenfalls bestätigte diese die Angaben ihrer Tochter.

Gisela nahm Ninas Laptop mit. Im Auto sagte sie dann zu Piet:

»Die ist nicht sauber. Du kümmerst dich erst mal um ihre Telefonate der letzten Wochen und um ihr Bankkonto. Ich vergnüge mich mit ihrem Computer. Dann sehen wir weiter.«

Nachdem die Kriminalbeamten die Wohnung verlassen hatten und die Mutter eine Erklärung von Nina verlangte, verließ diese eilig das Haus. Sie hatte einen dringenden Termin. Doch vorher musste sie noch zur Bank.

Zwei Stunden später hatte Gisela alles Interessante aus Nina Schlamps Computer herausgefieselt. Was Gisela zu denken gab, war die rege Beteiligung der Dame in einem Internetforum zum Thema Rache. Das hatte sie ihr aufgrund des persönlichen Eindrucks absolut nicht zugetraut. Aber so war es ja oft in der Kriminalistik. Es gibt einen großen Unterschied zwischen Schein und Sein. Wenn man Nina so sah, konnte man meinen, man hätte es mit einem hilflosen, dummen Puttchen zu tun. Aber wer konnte sagen, was sie dachte und fühlte? Vielleicht hatte sie sich ihre eigene Welt geschaffen, um mit all dem fertig zu werden, was vermeintlich stärkere Menschen ihrer Umgebung ihr antaten.

Da kam Piet. Sie konnte von seinem Gesicht ablesen, dass auch er etwas Wichtiges entdeckt hatte.

»Vor anderthalb Stunden, also eine halbe Stunde nach unserem Besuch, hat Nina Schlamp von ihrem Konto zehntausend Euro in bar abgehoben. Wer hebt denn heutzutage noch solche Beträge ab?«

»Das ist interessant. Und was ist mit dem Telefon?«

»Man hat mir die Listen gleich zugemailt. Festnetzgespräche uninteressant. Auf dem Handy wurde sie ein paar Mal von Telefonzellen aus Lübeck und Bad Segeberg angerufen. Wer benutzt denn heute noch Telefonzellen? Und was ist mit dem Computer?«

»Sie beteiligt sich rege in einem Rache-Forum.«

»Was ist denn das?«

»Schau selbst.«

Gisela ließ Piet auf ihrem Stuhl vor Ninas Laptop Platz nehmen und sagte:

»Ich denke, wir holen die Dame jetzt hierher. Es besteht Klärungsbedarf. Racheforum, zehntausend Euro in bar, Anrufe aus Telefonzellen. Vielleicht hat sie auf Helge Dommen ja einen Killer angesetzt.«

Eine Stunde später saß Nina Schlamp im Vernehmungsraum, und ihr gegenüber Gisela und Piet. Sie zitterte, ihre Stimme bebte. Gisela war klar: Wenn die mit der Sache etwas zu tun hat, dann wird sie alles gestehen.

Dann legte sie los:

»Frau Schlamp, es gibt da noch ein paar Ungereimtheiten, die wir miteinander klären müssen. Wozu brauchen Sie die zehntausend Euro, die Sie vorhin von Ihrem Konto abgehoben haben?«

»Was? Woher wissen Sie das? Es gibt doch ein Bankgeheimnis.«

»Wenn es um Mord geht, müssen selbst Banken bestimmte Geheimnisse lüften. Also, was ist mit dem Geld?«

»Ich will mir einen Gebrauchtwagen kaufen. Von privat. Da sind Bargeschäfte durchaus üblich.«

»Aha. Und wo ist das Geld jetzt?«

»Zu Hause.«

»Gut, dann schicke ich jetzt einen Beamten zu Ihnen nach Hause, der das Geld holt.«

»Was? Das will ich nicht.«

»Sie wollen das nicht, weil Sie das Geld nicht mehr haben. Stimmt´s?«

»Ja. Ich habe das Geld verloren.«

»Frau Schlamp, das ist nun wirklich unter Ihrem Niveau. Wem haben Sie das Geld gegeben?«

»Verdammt, lassen Sie mich in Ruhe. Ich habe nichts gemacht. Ich habe lediglich Geld abgehoben und es dann unterwegs verloren.«

Die steht kurz vor einem Nervenzusammenbruch, dachte Gisela. Fast tat sie ihr schon leid.

»Frau Schlamp, dann werde ich Ihnen sagen, wem Sie das Geld gegeben haben. Es ist jemand, mit dem Sie sich in einem Rache-Forum im Internet ausgiebig unterhalten haben: Nemesis. Habe ich Recht?«

Jetzt brach es aus ihr heraus: »Einen Scheißdreck haben Sie. Ich will jetzt nach Hause.«

»Haben Sie Nemesis beauftragt, Helge Dommen zu ermorden?«

»Nein! Nein! Nein! Ich will das nicht hören. Sie wollte ihm nur einen Schreck einjagen. Aber doch nicht gleich erschießen.«

»Und Sie haben Nemesis getroffen, nachdem Sie bei der Bank waren?«

»Ja, verdammt. Sie hat mich gestern gegen Mitternacht angerufen und gesagt, sie bräuchte dringend zehntausend Euro. Und ich sollte es ihr heute dann und dann und an einem bestimmten Ort übergeben. Ansonsten wollte sie mir alles in die Schuhe schieben.«

Die Tränen strömten ihr übers Gesicht.

»Gut, Frau Schlamp. Dann sagen Sie uns bitte, wo wir diese Nemesis finden und wie ihr richtiger Name ist.«

Jetzt schaute sie ganz ängstlich und antwortete mit mickriger Stimme:

»Ich weiß es doch nicht. Wir haben uns nur zweimal getroffen. Und sie hat mich von einer Telefonzelle aus angerufen. Ich weiß absolut nichts über sie.«

Gisela nahm Nina Schlamp vorläufig fest wegen Anstiftung zum Mord und empfahl ihr, sich nun dringend einen Anwalt zu nehmen.

»Rufen Sie bitte meinen Anwalt für mich an. Er heißt komischerweise genauso wie Sie. Herr Klaus Weniger. Er hat mich vor dem Arbeitsgericht vertreten.«

Gisela fiel aus allen Wolken.

»Er heißt so wie ich, weil er mein Mann ist. Aber er ist kein Strafverteidiger, sondern er befasst sich mit Wirtschaftsrecht und gelegentlich auch mit Arbeitsrecht. Was Sie brauchen, ist ein Anwalt, der normalerweise die schweren Jungs vertritt. Ich gebe Ihnen das Branchenverzeichnis. Da finden Sie schon einen Strafrechtler, der etwas für Sie tun kann.«

Als Nina Schlamps Anwalt kam und sich mit seiner Mandantin ausführlich unterhalten hatte, setze man sich noch einmal zusammen. Nina gab alles zu. Ihre Aussage war glaubhaft. Allerdings war unklar, ob Helge Dommen ein Denkzettel verpasst werden sollte, wie immer der aussah, oder ob es ein Mordauftrag gewesen war. Der Anwalt wollte natürlich nichts wissen von Anstiftung zum Mord. Allenfalls Anstiftung zur Körperverletzung. Nemesis hatte nach seiner Einschätzung eigenständig gehandelt und selbst die Entscheidung getroffen, Helge Dommen umzubringen. Aber damit sollte sich morgen der Haftrichter beschäftigen. Jetzt musste man erst mal die ominöse Nemesis finden. Nina Schlamp half bereitwillig bei der Anfertigung eines Phantombildes.

»Eine ganz normale Frau in den Vierzigern«, meinte Piet.

»Sie sieht ein bisschen so aus wie die Cousine von Klaus. Oder wie Nachbarin Sabine. Die hat auch so eine Frisur. Aber die macht auf mich nicht gerade den Eindruck eines Racheengels«, flachste Gisela.

»Außerdem hat Sabine ein zarteres Gesicht und einen sinnlichen Mund.«

»Oh, könnte es sein, dass Du Deiner Nachbarin inzwischen näher gekommen bist?«

»Also Gisela, nur weil ich eine Frau in mittleren Jahren ganz hübsch finde, muss ich ihr ja nicht gleich näherkommen.«

»Naja. Aber es könnte natürlich auch sein, dass Frau Schlamp gar nicht möchte, dass die Dame gefunden wird.

Und sie hat uns hier ein Fantasiegebilde anfertigen lassen. Zum Beispiel einen Frauentyp, der sie selbst gern wäre.«

»Das ist auch möglich. Wenn wir die Mörderin nicht haben, kann diese natürlich auch nicht aussagen, dass sie von Nina Schlamp beauftragt wurde. Also, das Bild bringt uns wahrscheinlich nicht weiter. Wir müssen den Computer von Nemesis lokalisieren. Ich hoffe, dass sie nicht von Internetcafes aus aktiv ist.«

Es gelang den Spezialisten des LKA weder an diesem noch am nächsten Tag, den Computer der mutmaßlichen Mörderin zu finden. Offenbar kannte die Dame sich aus. Welcher Auftragsmörder ist denn auch so blöd, sich über seinen Computer identifizieren zu lassen? Gisela und Piet waren in eine Sackgasse geraten. Der Richter hatte Nina Schlamp zwar in Untersuchungshaft geschickt. Aber damit war der Fall nicht gelöst. So, wie es aussah, konnte man Frau Schlamp nicht nachweisen, den Mordauftrag erteilt zu haben. Und die eiskalte Mörderin, die einen jungen Mann, den sie gar nicht kannte, einfach abgeknallt hatte, lief frei herum und konnte irgendwann wieder aktiv werden.

Irgendwann kam Gisela dann noch auf die Idee, das Phantombild mit dem der mutmaßlichen Mörderin des Herrn Blumberg aus Hamburg zu vergleichen. Aber sie und Piet waren sich schnell einig, dass die Unterscheide zu groß waren.

Als Gisela ihrem Mann Klaus abends erzählte, dass sie Nina Schlamp, seine Mandantin aus dem Arbeitsgerichtsprozess, wegen eines Kapitalverbrechens festgenommen hatte, fiel dieser aus allen Wolken.

»Also, Gisela, ich weiß ja, dass du gut in deinem Job bist. Aber hier liegst du definitiv falsch. Nina Schlamp ist ein armes Puttchen. Eine unbegossene Blume. Sie musste sich erst achtunddreißig Jahre in dieser Firma demütigen lassen, von ihrem Chef, der neuen Chefin, diversen Kollegen und schließlich von diesem Taugenichts Helge Dommen, um einmal eine Ohrfeige auszuteilen. Dass diese Frau einen Mord in Auftrag gegeben haben soll, ist mehr als unwahrscheinlich. Wenn ich Strafrechtler wäre, hätte ich Lust, ihre Verteidigung zu übernehmen.«

»Ach, Klaus, was meinst du, wozu Menschen fähig sind, wenn sie nur lang genug getreten werden?«

- 23 -

Lilly Höschen war zum ersten Mal in Australien. Eigentlich wollte sie diesen Kontinent schon seit vielen Jahren gern besuchen. Sie hatte eine Freundin in Brisbane, die in den sechziger Jahren ausgewandert war. Sie standen immer noch in Kontakt, hatten sich aber seitdem nie wieder gesehen. Nun empfing Lisa ihre alte Freundin Lilly mit größter Herzlichkeit. Die beiden alten Damen hatten sich in letzter Zeit öfters Fotos gemailt, sodass der Schock nach fünfzig Jahren nicht so groß war.

Lisa hatte ein kleines Haus in einem Vorort von Brisbane nahe dem Strand. Es war australischer Winter. Aber mit Winter nach mitteleuropäischen Maßstäben hatte das hier nichts zu tun. Lilly empfand das Klima hier in Queensland als sehr angenehm.

»Mein Gott, Lilly, für dein Alter siehst du einfach toll aus.«

»Na, du hast dich aber auch ganz gut gehalten, Lisa.«

»Und wie kommt es, dass du dich nun doch endlich entschlossen hast, mal hierher zu kommen?«

»Also erstens wollte ich dich besuchen. In unserem Alter weiß man ja nie, wie lange das noch möglich ist. Und zweitens habe ich etwas zu erledigen. Ich möchte ein bisschen im Leben von zwei Frauen nachforschen, die hier in der Nähe gewohnt haben.«

»Du machst mich neugierig, Lilly.«

»Tja, der Hang zur Neugier verbindet uns. Ich muss zu diesem Zweck zwei Orte aufsuchen, die laut Karte nicht weit von hier liegen. Da ist zum einen Maryborough, und zum anderen Bundaberg. Beides nördlich von hier.«

»Ich kenne die Orte nur vom Hörensagen. Aber zeig mal die Karte. Ach da. Ja, das können wir beides an zwei Tagen erledigen. Und da willst du zwei Frauen besuchen?«

»Nein, die wohnen höchstwahrscheinlich nicht mehr hier. Aber vielleicht gibt es Nachbarn, die mir weiterhelfen können.«

»Du sprichst in Rätseln, Lilly. Bist du unter die Detektive gegangen?«

»Ja, so könnte man das nennen. Aber vorher muss ich erst mal richtig ausschlafen. Ich weiß noch nicht mal, welcher Tag heute ist. Diese endlose Fliegerei hat mich ganz aus dem Takt gebracht.«

»Jetzt erhol dich erst mal. Morgen sehen wir uns ein bisschen die Gegend an, damit du dich hier akklimatisierst. Dann unterhalten wir uns ausgiebig. Und dann fahr ich dich zu diesen Orten.«

»Da bin ich aber erleichtert. Ich glaube nämlich nicht, dass ich auf der falschen Seite fahren könnte. Außerdem kannst du mir vielleicht beim Übersetzen helfen. Ich kann zwar ganz ordentlich Englisch. Aber die Leute hier offenbar nicht. Jedenfalls verstehe ich kein Wort.«

»Das liegt daran, dass es hier so viele Insekten gibt. Die Leute machen beim Sprechen den Mund nicht richtig auf, um keine Moskitos zu verschlucken.«

»Na, jetzt wird mir einiges klar.«

- 24 -

Gisela und Piet kamen nicht weiter. Sie hatten die Aussage von Nina Schlamp, die zugab, sich mit einer Frau getroffen zu haben, die den Decknamen Nemesis trug. Sie wollte diese Frau beauftragt haben, Helge Dommen einmal einen ordentlichen Schrecken einzujagen. Mit einem Mord wollte sie nichts zu tun haben. Und dass sie der Frau zehntausend Euro gegeben hatte, erklärte Nina Schlamp damit, dass sie angesichts des Todes von Helge Dommen völlig kopflos war und der Erpressung nachgegeben hatte. Natürlich tauchte Nemesis nun nicht mehr in dem Internetforum auf, das sich mit dem Thema Rache befasste. Mit dem Phantombild kam man nicht weiter. Wahrscheinlich hatte Frau Schlamp absichtlich ihre Fantasie walten lassen, weil sie kein Interesse hatte, dass die Mörderin gefasst und damit zu einer Belastung werden könnte.

Piet stürzte sich nun darauf, diverse Teilnehmer des Forums ausfindig zu machen, um herauszufinden, ob Nemesis auch persönliche Begegnungen mit anderen gehabt hatte. Auch diese Maßnahme war nicht von Erfolg gekrönt. Konnte es tatsächlich sein, dass Nina Schlamp die Einzige war, mit der sich Nemesis getroffen hatte? Ja, das konnte sein. Denn Nemesis war erst seit ein paar Wochen in dem Forum aktiv.

Privat lief alles wie geschmiert für Piet. Er freute sich tagsüber darauf, nach Hause zu kommen. Das Verhältnis zu seinem neu gewonnenen Sohn war ausgesprochen gut. Er hatte sich hervorragend eingelebt. Es gab viele Gemeinsamkeiten. Und über das, was sie trennte, zu streiten, machte beiden Spaß.

Auch bei Gisela war es um das Privatleben gut bestellt. Dank Haushälterin Petra, einer Frau von Ende vierzig, hatte sie zum ersten Mal einen gepflegten Haushalt. Sie konnte sich darauf beschränken, sich abends um ihr Kind zu kümmern, das seine Mutter meist freudestrahlend empfing. Und Klaus schien dieses Leben zu gefallen. Er kümmerte sich gern um den Nachwuchs, hatte eine Engelsgeduld. Und wenn er Termine hatte, war Petra da. Eines Abends kam sie auf die Idee, Lilly anzurufen. Sie nahm nicht ab. Daraufhin rief sie bei Amadeus an, der ihr sagte, dass seine Großtante in Australien sei.

»Nein, das kann nicht wahr sein. Ist die denn von allen guten Geistern verlassen?«

»Wieso? Was ist denn so schlimm daran, dass sie in Australien ist? Gut, für eine Dame ihres Alters ist die Reise vielleicht ein bisschen beschwerlich…«

»Amadeus, darum geht es nicht. Wie ich Lilly kenne, will sie da herumspionieren. Mördersuche – verstehst du?«

»Nein, sie besucht eine alte Freundin.«

»Das kann sie dir vielleicht erzählen. Ich weiß, was sie da wirklich will. Nur, wenn sie da wieder solche Sachen anstellt wie neulich in Hamburg, dann kann ich ihr nicht aus der Patsche helfen.«

- 25 -

Nach zwei Tagen hatte Lilly sich von den Strapazen der Reise erholt. Ihre Freundin zeigte ihr die schönsten Seiten von Brisbane, und morgen würde sie dann die Spur der beiden Frauen aufnehmen, deretwegen sie hierher gekommen war. Jetzt brauchte Lilly aber erst mal eine Pause und einen Kaffee. Das Straßencafé sah einladend aus. Aber es war kein Tisch frei. Dort saß ein Mann ganz allein und Lilly fragte, ob sie sich mit ihrer Freundin dazusetzen dürfe. Als die beiden Damen sich dann auf deutsch unterhielten, sagte der Mann lächelnd:

»Oh, Sie sind auch aus Deutschland. Man kann hinreisen, wo man will, überall trifft man auf Deutsche.«

Darauf entspann sich eine lockere Unterhaltung. Der Mann, der gut angezogen war, dunkler Anzug, Schlips und Kragen, mochte so Ende fünfzig sein. Er erzählte, dass er zurzeit hier arbeitete. Er sei Anwalt des bekannten Unterwäscheherstellers Trigo International.

»Muss man die Firma kennen?«, fragte Lilly gelangweilt, weil sie gar keine Lust hatte, sich die Erfolgsgeschichte dieses Unternehmens und die des Mannes anzuhören.

»Aber, ich bitte Sie, meine Dame. Trigo kennt man auf der ganzen Welt. Ich habe gerade unsere australische Niederlassung aufgemacht. Deshalb bin ich hier.«

Ohne allzu unhöflich sein zu wollen, unterhielt sich Lilly dann weiter mit ihrer Freundin. Auf der gegenüber liegenden Straßenseite torkelte ein dunkelhäutiger Mann, ganz offenbar ein Ureinwohner, herum. Der hatte wohl zu viel Alkohol intus. Und da fiel der Anwalt der Firma Trigo unhöflich in das Gespräch der Damen ein und sagte:

»Nun sehen Sie sich das an. Diese Leute sind die reinste Pest. Die können sich einfach nicht einfügen in die

Zivilisation. Da muss man sich wirklich mal etwas einfallen zu lassen. Streunen hier herum, sturzbetrunken…«

Jetzt wurde Lilly wütend:

»In welche Zivilisation? Finden Sie es etwa zivilisiert, dass die Europäer den Menschen zuerst ihr Land und ihre Lebensgewohnheiten stehlen? Und wenn sie dann nicht zurechtkommen, mit dem, was Sie Zivilisation nennen, dann müssen sie sich auch noch die dummen Sprüche von Schlüpferfabrikantenanwälten anhören.«

Und an ihre Freundin gerichtet:

»Ich glaube, wir gehen jetzt besser. Da reist man bis nach Australien, nur um sich von solchen Leuten die Welt erklären zu lassen. Manche meinen wohl, sie brächten der Welt die Zivilisation, weil sie die Menschheit mit ein paar lumpigen Unterhosen beglücken.«

Der Mann bekam vor Staunen den Mund nicht mehr zu. Als Lilly und ihre Freundin eiligst den Tisch verlassen hatten, sagte er leise vor sich hin:

»Schlüpferfabrikantenanwalt! Das hat mir noch keiner gesagt. Ich glaube, die Alte ist verrückt. Lumpige Unterhosen! So eine Unverschämtheit.«

Den Abend verbrachten die beiden Freundinnen in Lisas Haus. Es gab viel zu erzählen. Und morgen würden sie ein Stück in nördliche Richtung fahren, um vielleicht das Geheimnis zu lüften, für das Lilly um die halbe Welt geflogen war.

- 26 -

Die Fahrt ins vierhundert Kilometer entfernte Bundaberg dauerte mit Pausen etwa sechs Stunden. Die meiste Zeit sahen sie nur Zuckerrohrfelder. Einige wurden gerade mit riesigen Maschinen abgeerntet. Das Wetter war hervorragend. Sonnenschein und etwa fünfundzwanzig Grad. Obwohl alles etwas eintönig wirkte, genoss Lilly diese Fahrt. Sie hatte es tatsächlich geschafft, nach Australien zu kommen. Und nun fuhr sie mit einer alten Freundin auf diesem Kontinent herum. Wahrscheinlich wäre sie nie hierher gekommen, wenn die Neugier sie nicht getrieben hätte. Die Neugier, was es mit dieser mysteriösen Sabine, die jetzt im holsteinischen Kleinbötelkamp wohnte, auf sich hatte.

Bundaberg, eine quicklebendige, hübsche Stadt, begrüßte sie mit Sonnenschein. Palmen und herrliche Pflanzen überall. Und das nennen die nun Winter, dachte Lilly. Das Navigationsgerät brachte die beiden Frauen zu dem Haus, in dem Sabine zuletzt gelebt hatte. Es war in einer zauberhaften Wohngegend der gehobenen Klasse gelegen. Sie stiegen aus und läuteten an der Tür. Eine Frau von etwa Ende dreißig öffnete. Nun übernahm Lisa das Reden:

»Hallo. Bitte entschuldigen Sie die Störung. Wir sind auf der Suche nach Sabine Schauberg, der Vorbesitzerin Ihres Hauses.«

Die Angesprochene schaute etwas entnervt und antwortete: »Oh, da weiß ich nicht, wie ich Ihnen helfen kann. Ich glaube, sie ist wieder nach Deutschland gegangen.«

»Ja, das wissen wir. Aber es geht uns hauptsächlich darum, jemanden zu finden, der sie hier in Bundaberg gekannt hat.«

Die Frau verstand den Sinn der Frage nicht und meinte:

»Also, ich habe sie nur zweimal gesehen, als mein Mann und ich das Haus besichtigt haben. Ich kann Ihnen im Grunde gar nichts sagen. Am besten, Sie gehen nach nebenan. Die Nachbarn wohnen schon lange hier. Sie haben Sabine bestimmt gut gekannt.«

Man bedankte sich höflich und ging ein Haus weiter. Eine ältere Dame öffnete die Tür und fragte nach dem Grund des Besuchs. Als sie hörte, dass es um Sabine ging, strahlte Mary, so hatte sich die Frau vorgestellt, übers ganze Gesicht.

»Oh, Sabine. Ja, sie war meine Nachbarin. Kommen Sie doch herein. Kann ich Ihnen einen Tee anbieten?«

Mary erzählte, dass sie sich schon Sorgen gemacht hatte, weil Sabine nichts von sich hören ließ. Sie hatte ihr versprochen, mal zu schreiben, wie es ihr in Deutschland ging. Aber es tat sich nichts. Dann erzählte Mary, die ihre beiden Gäste mit Tee und Keksen im Wohnzimmer bewirtete, Sabines traurige Geschichte. Sie war als junges Mädchen nach Australien gekommen, hatte geheiratet und dann einen Sohn zur Welt gebracht.

»Sie waren eine glückliche Familie. Aber dann brach eines Tages die Welt über Sabine zusammen. Mann und Sohn verunglückten tödlich bei einem Verkehrsunfall. Danach war alles anders. Sie hat sich nie wieder davon erholt. Ihr ganzer Lebensmut war weg. Und eines Tages verkaufte sie schließlich ihr Haus, um nach Deutschland zurück zu gehen. Hier konnte sie einfach nicht mehr glücklich werden. Ich hoffe inständig, dass es ihr jetzt besser geht.«

Lilly holte nun ein Foto heraus, das sie neulich auf der Gartenparty in Kleinbötelkamp aufgenommen hatte und zeigte es Mary:

»Ist das Sabine?«

»Nein. Ich weiß nicht, wer das ist. Sabine jedenfalls nicht. Und so schnell können Menschen sich ja auch nicht verändern.«

Jetzt stand Mary auf und kramte ein Album aus dem Schrank, blätterte darin herum und zeigte Lilly ein Foto, das vor zwei Jahren in ihrem Garten entstanden war.

»Das ist Sabine. Das war, bevor das Unglück geschah.«

Lilly kannte dieses Gesicht. Sie hatte es in dem Album gesehen, das sie damals bei der Durchsuchung von Sabines Haus in Kleinbötelkamp gefunden hatte. Folglich war also die Frau, die sich in Kleinbötelkamp als Sabine ausgab, gar nicht Sabine. Aber wer war sie dann? Ob sie wohl morgen eine Antwort auf diese Frage bekommen würde? Morgen in Maryborough, wo sie das Haus von Rita Blumberg besuchen wollte.

Lisa und Lilly bedankten sich herzlich bei Mary, die nun etwas verwirrt zurückblieb. Was war nur aus ihrer alten Nachbarin Sabine geworden?

Zurück im Auto, sagte Lilly zu Lisa:

»Mädchen, hier ist etwas oberfaul. Sabine ist jedenfalls nicht Sabine. Aber wer ist dann diese Frau, die sich als Sabine ausgibt? Und wo ist die richtige Sabine geblieben? Ich habe da so eine Ahnung. Aber ich traue mich noch nicht, sie auszusprechen. Jetzt muss ich erst mal den morgigen Tag abwarten. Wer weiß, was da noch herauskommt.«

Lisa schaute ihre Freundin ganz ängstlich an.

»Also, Lilly, das hört sich ja ganz mysteriös an. Wäre das nicht eine Sache, der die Polizei nachgehen sollte?«

»Welche Polizei? Die deutsche oder die australische? Weder die einen noch die anderen können Licht ins Dunkel bringen. Dazu müssten sie gleichzeitig hier und dort sein. Ich ziehe das jetzt durch. Wir kriegen das schon raus. Jetzt lass uns erst mal ein schönes Hotel suchen und ein Restaurant. Ich habe Hunger. Hast du nicht etwas von einer Delikatesse erzählt? Wie heißt das Zeug gleich noch? Barramundi? Ich will das jetzt endlich mal probieren.«

- 27 -

Lilly konnte in dieser Nacht keinen Schlaf finden. Ständig waren ihre Gedanken bei dieser Frau, die sich als Sabine ausgab. Die echte Sabine, die Mary, die ehemalige Nachbarin, ihr auf dem Foto gezeigt hatte, sah definitiv anders aus. Vom Alter her war da kein großer Unterschied. Auch die Frisur und das dunkle Haar waren ähnlich. Aber sie war ein ganz anderer Typ. Da konnte es keine Verwechslung geben. Und so sehr konnte man sich auch nicht innerhalb eines Zeitraums von zwei Jahren – so alt war das Foto ja – verändern. Es war also etwas faul mit Sabine in Kleinbötelkamp. Am liebsten hätte sie gleich Gisela angerufen. Aber ohne genau zu wissen, was hier los war, hatte das keinen Sinn. Wahrscheinlich würde sie sie nur davon abzuhalten versuchen, morgen dieser Rita Blumberg nachzuspionieren. Nach ihrem Besuch dort würde sie jedenfalls Gisela anrufen. Also blieb Lilly nichts anderes übrig, als auf den Morgen zu warten, um dann endlich nach Maryborough zu fahren. Sicherlich würde es auch da Nachbarn geben, die ihr etwas über diese Dame sagen konnten.

Das Schlimmste, was Lilly sich vorstellen konnte, war, wenn sich herausstellen würde, dass es sich bei besagter Sabine in Kleinbötelkamp um Rita Blumberg handeln sollte. Diese war ja die mutmaßliche Mörderin ihres geschiedenen Mannes und des Richters in Hamburg. Und wenn diese Person nun Haus an Haus mit Piet wohnte? Lilly war ein paar Mal versucht, Gisela oder Piet anzurufen, um sie zu warnen. Aber jedesmal, wenn sie das Telefon in der Hand hatte, kamen ihr Zweifel, und sie legte es wieder weg.

Beim gemeinsamen Frühstück sagte Lisa, wie gut sie doch geschlafen habe.

»Das ist beneidenswert«, antwortete Lilly. »Ich habe fast gar nicht geschlafen. Die ganze Nacht hindurch habe ich nachgegrübelt über diese Sabine, die gar nicht Sabine ist.«

»Ach, du Arme. Na, wir fahren gleich nach Maryborough. Das ist etwa anderthalb Stunden von hier entfernt. Und heute Abend sind wir dann wieder zu Hause in Brisbane. Da kannst du dich dann richtig ausruhen. Und dann kannst du schlafen, solange du willst.«

»Ach, das ist nicht so wichtig, Lisa. Schlafen kann ich noch genug, wenn ich tot bin. Jetzt muss ich erst mal mein Werk vollenden. Ich halte es kaum aus vor Neugier. Lass uns bald losfahren.«

Die beiden Frauen setzten sich ins Auto, und knapp zwei Stunden später sagte ihnen das Navigationsgerät, dass sie ihr Ziel erreicht hatten. Maryborough war ein nettes Städtchen, das etwas amerikanisch anmutete. Die Gegend, in der sich das ehemalige Haus der Rita Blumberg befand, wirkte allerdings ziemlich heruntergekommen. Hier wohnten wohl Leute, die nicht sehr viel Geld hatten. Lilly und Lisa stiegen aus und klingelten an dem kleinen, flachen Haus.

Die Besitzerin, eine junge, etwas ungepflegt und konfus wirkende Frau mit einem kleinen Kind auf dem Arm, kapierte gar nicht, was die beiden alten Damen von ihr wollten. Sie wusste nichts von einer Rita Blumberg. Sie hatte dieses Haus hier nur gemietet. Also gingen Lilly und Lisa zum Nachbarhaus. Die Bewohnerin, eine Frau von Anfang fünfzig, kannte Rita Blumberg und ließ die beiden herein. Lilly war sich mittlerweile ziemlich sicher, dass es sich bei Sabine aus Kleinbötelkamp um Rita Blumberg handeln musste. Gespannt holte sie das Bild heraus und zeigte es der Frau. Lillys Enttäuschung war groß, als die Frau sagte:

»Das ist nicht Rita. Aber warten Sie. Ich müsste eigentlich ein Foto von ihr haben.«

Sie stand auf, kramte in einer Schublade herum und fand zwei Fotos. Eines zeigte Rita Bumberg mit ihrem Lebensgefährten im Garten. Hier war Rita nicht besonders gut zu erkennen. Das andere Foto zeigte sie in Großaufnahme am Gartentisch beim Biertrinken. Aber das war auf keinen Fall die Frau aus Kleinbötelkamp, die sich Sabine nannte.

»Jetzt verstehe ich gar nichts mehr«, sagte Lilly einigermaßen resigniert.

»Zeigen Sie mir doch noch mal das Bild von eben«, sagte die Frau.

»Diese Frau kommt mir auch bekannt vor. Die war mal bei Rita. Und zwar zusammen mit einer anderen Frau. Alle etwa in diesem Alter. Ich glaube, das waren alles Deutsche. Jedenfalls haben sie im Garten deutsch gesprochen. Ich meine, die waren sogar öfters mal hier. Aber ich habe keine Ahnung, wer das ist.«

Nun holte Lilly auch noch das Foto der Frau heraus, das sie gestern von der Nachbarin der echten Sabine bekommen hatte und reichte es der Dame.

»Die dritte Frau, von der Sie sprachen, könnte das die hier sein?«

»Ja, das ist sie. Die war ein paar Mal hier.«

»Aber wer, um Himmels Willen, ist dann die dritte Frau? Haben Sie eine Ahnung, wo diese dritte Frau herkam? Oder wer könnte uns hier weiterhelfen?«

»Da bin ich überfragt. Das heißt, Rita erzählte mal, dass sie ihre Freundin Angela in Brisbane besuchen wollte.

Ich glaube das ist sie: Angela. Und jetzt fällt mir noch etwas ein: Angela hatte zusammen mit ihrem Mann ein Geschäft für den Import von Pferdekutschen. So was Blödes, habe ich mir noch gedacht. Deshalb habe ich es wohl auch behalten.«

»Wie viele Geschäfte für Pferdekutschen gibt es wohl in Brisbane?«, fragte Lilly ihre Freundin.

»Ach du meine Güte, ich wusste gar nicht, dass es so etwas heutzutage überhaupt noch gibt. Also das lässt sich herausfinden.«

Zufrieden verabschiedeten sich die beiden Frauen von der ehemaligen Nachbarin Rita Blumbergs und machten sich auf den Heimweg Richtung Süden. Morgen würde Lilly herausfinden, was es mit dieser komischen Pferdekutschen-Dame auf sich hatte.

Am nächsten Morgen nervte Lilly ihre Freundin schon vor dem Frühstück, doch endlich im Branchenbuch nach Pferdekutschen zu suchen. Lisa weigerte sich strikt und bestand darauf, erst mal in aller Seelenruhe zu frühstücken. In puncto Dickköpfigkeit stand sie ihrer Freundin in nichts nach. Dann setze sie sich an den Computer und fand heraus, dass es in der Gegend von Brisbane ganze drei Firmen gab, die mit Pferdekutschen handelten. Also setze sich Lisa ans Telefon und fragte nach einer gewissen Angela. Bei den ersten beiden hatte es nie eine Angela gegeben. Der dritte Gesprächspartner, ein gewisser Lutz Maaß, ein Deutschstämmiger, sagte schließlich, dass seine geschiedene Frau Angela heißt und früher einmal mit im Geschäft war. Offenbar hatte er keine Lust, darüber zu reden. Aber Lisa ließ sich nicht abwimmeln und sagte einfach, in einer Stunde sei sie da. Also machten sich die beiden Frauen auf den Weg.

Die Gegend, in der sich die Firma Maass Carriages befand, war schäbig. Und die Halle, in der ein paar Kutschen standen, war nicht geeignet, Eindruck auf Kunden zu schinden. Lutz Maaß war ein Mann von Anfang fünfzig. Bierbauch, ungepflegte Erscheinung und wirkte ebenso heruntergekommen wie seine Firma. Immerhin war er sehr freundlich und unterhielt sich mit den Damen auf Deutsch.

»Tja, irgendwann lief es nicht mehr so gut. Hinzu kamen Schwierigkeiten zwischen Angela und mir. Und schließlich haben wir uns dann getrennt. Sie wollte nach Deutschland zurück. Aber ich habe keinen Kontakt zu ihr. Ich kann Ihnen also überhaupt nicht sagen, was jetzt mit ihr ist und ob sie wirklich wieder in Deutschland ist.«

Lilly, der der Mann irgendwie leid tat, fragte sehr höflich, ob er vielleicht ein Bild von seiner geschiedenen Frau habe.

»Sicher. Warten Sie einen Moment. Ich wohne in dem kleinen Haus hinter der Halle. Ich schau mal nach und bin gleich wieder da.«

Als er nach fünf Minuten wiederkam und Lilly ein Foto präsentierte, schoss es aus ihr heraus:

»Aber das ist doch Sabine.«

Lutz Maaß schaute ganz verdutzt.

»Nein, das ist Angela.«

Dann zeigte Lilly dem Mann noch die Fotos der Frauen, die sie aus Bundaberg und Maryborough mitgebracht hatte.

»Ja, die beiden kenne ich. Die waren mal hier. Ist schon ein paar Jahre her. Auf jeden Fall waren die drei befreundet.«

»Herr Maaß, Sie haben mir wirklich sehr geholfen. Könnten Sie mir vielleicht das Foto Ihrer geschiedenen Frau überlassen?«

»Kein Problem. Aber was ist denn eigentlich los?«

Wieder in Lisas Haus, bemächtigte Lilly sich des Computers ihrer Freundin, scannte die drei Bilder ein und mailte diese, mit entsprechenden Kommentaren versehen, an Gisela in Kleinbötelkamp.

- 28 -

In der Dienststelle hatte es eine Besprechung zum Fall des ermordeten Helge Dommen gegeben. In Sachen Internet hatte Gisela die jungen Kolleginnen machen lassen, ohne dass irgendetwas Greifbares dabei heraus gekommen war. Piet hatte den Freundeskreis des Opfers unter die Lupe genommen. Das Ergebnis war, dass Helge wohl allgemein als großspuriger Maulheld angesehen war, aber echte Probleme hatte niemand mit ihm gehabt. Es gab weit und breit kein Motiv. Wenn man nicht endlich diese ominöse Rachegöttin fand, die Frau Schlamp übers Internet kennengelernt hatte, müsste man sie aus der Untersuchungshaft entlassen. Sie hatte zwar ein Motiv. Aber es gab nicht den geringsten Beweis, dass sie den Auftrag erteilt hatte, Helge Dommen zu töten. Den Geldbetrag, den sie der mutmaßlichen Täterin gegeben hatte, erklärte sie mit einer Erpressung. Und Gisela konnte ihr nicht beweisen, dass dies nicht so war. Außerdem würde jeder Haftrichter, dem Nina Schlamp gegenüberstand, vor Mitleid dahinschmelzen. Kein Mensch würde dieser Frau zutrauen, einen Mordauftrag erteilt zu haben.

»Wir sind in einer Sackgasse«, sagte Gisela schließlich, hob die Besprechung auf und bat Piet, noch dazubleiben, um unter vier Augen etwas mit ihm zu besprechen.

»Also, Piet, ich habe mal ausdrucken lassen, was ich heute morgen von Lilly bekommen habe. Sie macht ja zurzeit Australien unsicher. Hier sind drei Fotos. Schau dir mal an, ob du jemanden kennst.«

Gisela hatte die drei Bilder auf dem Konferenztisch nebeneinander gelegt. Piet zeigte sofort auf das eine:

»Das ist Sabine. Unsere Nachbarin Sabine Schauberg.«

»Falsch. Laut Lilly heißt diese Frau Angela Maaß.«

Dann zeigte sie auf ein anderes Bild und sagte:

»Das ist Sabine Schauberg. Jedenfalls, wenn man Lilly glauben darf. Das hieße also, dass unsere Nachbarin sich für jemanden ausgibt, die sie gar nicht ist. Aber warum tut sie das? Und was ist mit der echten Sabine Schauberg?«

Piet wusste nicht, wie ihm geschah und schaute Gisela ungläubig an.

»Irrtum ausgeschlossen?«

»Ja. Lilly hat sowohl die Nachbarn von Sabine Schauberg als auch den geschiedenen Ehemann von Angela Maaß interviewt. Von den Nachbarn beziehungsweise von Herrn Maaß hat sie ja auch die Fotos bekommen. Aber nun kommt der Clou: Auf dem dritten Bild siehst du Rita Blumberg, die angebliche Mörderin ihres Mannes und des Richters in Hamburg.«

Jetzt war Piet platt. Nach kurzer Überlegung meinte er: »Dann müssen wir das Bild der Rita Blumberg nach Hamburg mailen. Die haben ja nur ein Phantombild, auf dem man die Frau kaum erkennen kann. Und wir müssen mit unserer Nachbarin reden.«

»Richtig. Aber der Clou ist, dass diese drei Frauen sich kannten. Sie waren laut Herrn Maaß miteinander befreundet. So allmählich wird es immer kurioser. Bevor wir ganz den Überblick verlieren, gehen wir also zu Sabine oder Angela oder wie auch immer sie heißt, und konfrontieren sie mit unserem Wissen. Am besten wäre es, einen Überraschungsbesuch zu machen. Lass uns heute nachmittag etwas früher nach Hause fahren, und dann gehen wir gemeinsam zu ihr. Ich bin gespannt wie ein Flitzebogen. Und das Bild von Rita Blumberg mailen wir erst deinem alten Kollegen Dennis nach Hamburg, wenn wir bei Sabine waren. Sonst meint er am Ende, sich hier auch noch einmischen zu müssen.«

»Okay, so sollten wir es machen. Ich frag mich nur, wie Lilly das alles in dieser kurzen Zeit herausgekriegt hat. Hat denn die australische Polizei gar nichts gemacht? Die hätten doch auch ein Bild von Frau Blumberg ausfindig machen können.«

»Offenbar haben die das Anliegen der deutschen Polizei nicht so ernst genommen. Im Gegensatz zu Lilly, die extra ans andere Ende der Welt fliegt, weil sie Sabine gegenüber ein komisches Gefühl hatte.«

Ein paar Stunden später stand Gisela vor Piets Haus, um ihn zu dem Besuch ihrer Nachbarin Sabine abzuholen.

»Mein Sohn ist nicht zu Hause, obwohl sein Auto vor der Tür steht«, sagte Piet.

»Vielleicht hat ihn ein Kumpel abgeholt«, meinte Gisela.

Dann gingen sie rüber zu Sabine. In der Einfahrt stand ein Wagen mit Lübecker Nummer. Gisela läutete. Es tat sich nichts. Sie versuchte es noch mal. Keine Reaktion.

»Vielleicht ist sie mit ihrem Besuch im Garten«, sagte Gisela.

Aber da wurde die Tür geöffnet. Allerdings nur einen Spalt. Eine Frau, dunkelhaarig, sagte:

»Frau Schauberg ist nicht da.«

»Entschuldigung« entgegnete Gisela, »würden Sie uns bitte sagen, wer Sie sind?«

»Nein!«, war die knappe Antwort, und die Frau wollte die Tür auch schon wieder schließen. Aber geistesgegenwärtig stellte Piet seinen Fuß in die Tür.

»Was soll das?«, brüllte die Frau ihn an.

Piet hatte ein merkwürdiges Gefühl und drückte die Tür gegen den nachlassenden Widerstand der Frau auf.

»Lassen Sie uns bitte herein. Wir warten auf Frau Schauberg.«

»Das ist unverschämt. Wer sind Sie und was wollen Sie?«

»Wir sind die Nachbarn von Frau Schauberg und müssen sie dringend sprechen«, entgegnete Piet.

Sie gingen ins Wohnzimmer, und Gisela konnte ihren Blick nicht von der Frau wenden. Dann öffnete sie den mitgebrachten Umschlag und holte die Fotos heraus. Diese Frau war eindeutig Rita Blumberg, die mutmaßliche Mörderin, die ihren Mann vergiftet und einen Richter in Hamburg erschossen haben sollte. Und Gisela hatte ihre Dienstwaffe nicht dabei, weil sie natürlich mit Sabine gerechnet hatte. Piet war es genauso ergangen. Seine Waffe lag in einem kleinen Wandtresor seines Hauses.

»Setzen wir uns doch«, sagte Gisela ganz locker. »Sie auch, Frau Blumberg.«

Jetzt war die Bombe geplatzt. Die Erschütterung, die durch den Körper der Frau ging, als sie mit *Frau Blumberg* angeredet wurde, war eindeutig. Sie war es. Da gab es keinen Zweifel.

»Ich heiße nicht Blumberg. Wie kommen Sie darauf? Und wer sind Sie eigentlich?«

Ohne ein weiteres Wort reichte Gisela der Frau das Foto, auf der sie selbst abgelichtet war. Dann machte Gisela den Fehler, sich zu setzen. Und Piet war im Begriff, es ihr nachzutun. In dem Moment zückte Rita Blumberg eine Pistole aus der Jackentasche. Piet, geistesgegenwärtig wie nie zuvor, machte einen Satz nach vorne und riss die Frau um. Die Pistole flog durchs Zimmer. Rita Blumberg lag überwältigt auf dem Boden. Zum Glück hatte Piet seine Handschellen nicht von seinen Jeans abgemacht, als er nach Hause gekommen war. So konnte er die Frau nun fixieren. Sie setzten sich nun alle drei auf die Sitzgruppe und Gisela sagte:

»Frau Blumberg, ich nehme Sie vorläufig fest wegen des Verdachts, Ihren geschiedenen Ehemann und einen Richter in Hamburg ermordet zu haben. Und jetzt sagen Sie uns, wo Sabine, oder soll ich sagen: Angela? – wirklich ist.«

»Ach, scheiß drauf, du blöde Bullenhure! Such sie doch!«

Gisela, die sich durch solche Ausdrücke nicht provozieren ließ, bat Piet, die Festgenommene zu bewachen und machte sich auf die Suche nach Sabine. Irgendwie hatte sie das Gefühl, dass sie im Haus war. Im Obergeschoss hatte sie nichts gefunden. Also ging sie in den Keller. Hier gab es einen Raum, der von außen verschlossen war. Langsam öffnete sie die Tür und bekam einen Schock. An der Wand gegenüber der Tür, vom matten Licht des kleinen Kellerfensters umspielt, saß Sabine auf dem Boden. Mitten in der Stirn ein Loch, von dem aus sich ein mittlerweile eingetrocknetes Rinnsal von Blut über das ganze Gesicht zog. Gisela ging auf die Tote zu. Dann hörte sie von der gegenüber liegenden Wand ein Stöhnen. Ruckartig drehte sie sich um und sah, auf dem Boden kauernd, mit Klebeband gefesselt und geknebelt: Piet junior. Sie ging drei schnelle Schritte auf ihn zu, zückte ihr Taschenmesser und befreite Hände und Füße. Ganz vorsichtig entfernte sie das Klebeband von seinem Mund.

»Bist du verletzt? Hat sie dir was getan?«

»Nein.«

Gisela polterte ein riesiger Stein vom Herzen. Seit sie selbst Mutter war, hatte sie ein ganz anderes Verhältnis zu Kindern, selbst wenn diese schon erwachsen waren.

Die Vorstellung, ihrem Kollegen Piet sagen zu müssen, dass seinem Sohn etwas passiert war, war ihr unerträglich. Erleichtert nahm sie den kleinen Piet in den Arm und half ihm auf.

- 29 -

Gisela hatte Rita Blumberg von der Schutzpolizei nach Lübeck bringen lassen und die Spurensicherung nach Kleinbötelkamp bestellt. Piet war mit seinem Sohn in seinem Haus. Der Junge war zutiefst geschockt. Frau Blumberg hatte ihn unter einem Vorwand zu Nachbarin Sabine abgeholt. Dann hatte sie Sabine mit Waffengewalt gezwungen, den Jungen zu fesseln und zu knebeln. Danach war es zwischen den beiden Frauen zu einer dramatischen Auseinandersetzung gekommen, in deren Verlauf Frau Blumberg Sabine alias Angela in den Kopf geschossen hatte. Piet junior hatte Todesangst. Während seines Berichts brach er mehrmals in Tränen aus. Und Piet war zum ersten Mal bewusst, dass sein Sohn trotz seines äußeren Erscheinungsbildes und seiner Coolness noch ein halbes Kind war. Er nahm ihn schließlich in den Arm und hatte selbst Tränen in den Augen.

Es war spät geworden, bis die Spurensicherung fertig war. Gisela setzte die Vernehmung von Rita Blumberg schließlich für den nächsten Morgen an. Vorher rief sie noch Dennis in Hamburg an, der aus allen Wolken fiel. Er wollte morgen früh, punkt acht Uhr in Lübeck sein, um an der Vernehmung teilzunehmen.

Als Gisela und Piet am nächsten morgen fünf vor acht ihr Büro betreten wollten, saß Dennis bereits in seiner ganzen Pracht auf einem Besucherstuhl im Gang. Mein Gott, dachte Gisela, ist der etwa in der kurzen Zeit noch dicker geworden? Als er die beiden sah, sprang er erstaunlich schnell auf und fing ganz aufgeregt an zu reden:

»Ihr Lübecker habt vielleicht die Ruhe weg. Statt die Mehrfachmörderin gleich in der Nacht zu verhören, schlaft ihr gemütlich aus und frühstückt dann in aller Ruhe, als ob nichts gewesen wäre.«

»Ich wünsche Ihnen auch einen guten Morgen, lieber Dennis«, entgegnete Gisela betont freundlich. Und Piet konterte:

»Nun bleib mal auf dem Teppich, *mein Digger*. In Lübeck denkt man erst nach, und dann handelt man. Deshalb haben wir die Dame auch geschnappt und nicht ihr.«

Dennis grunzte. Und Gisela legte nach:

»Übrigens, ohne das Engagement von Lilly Höschen hätten wir die Frau überhaupt nicht gekriegt. Sie war es, die uns durch ihre Nachforschungen überhaupt erst zum Ziel geführt hat.«

»Wollt ihr mich verarschen? Die Wassernixe, die den Pornoladen aufgemischt hat?«

»Genau die.«

Dennis verschlug es die Sprache. Doch als Gisela ihm sagte, dass die Vernehmung zuerst von ihr und Piet durchgeführt würde, fing er sofort wieder an zu poltern. Es gehe schließlich vor allem um die zwei Mordfälle in seinem Zuständigkeitsbereich. Er bestand darauf, mit der Vernehmung beginnen zu können oder zumindest während des gesamten Verhörs dabei zu sein.

»Sie können gern dabei sein. Aber hinter der Scheibe.«

Als er merkte, dass er gegen Gisela nicht ankam, fügte er sich in sein Schicksal unter Ausstoß eines derben Fäkalausdrucks.

Im Verhörraum saß Rita Blumberg, als Gisela und Piet hereinkamen und ihr gegenüber Platz nahmen. Frau Blumberg wollte zunächst auf einen Anwalt verzichten. Und sie war bereit, alles zu erzählen. Nach Giselas Meinung lastete auf ihr so viel Hass, dass sie gar nicht anders konnte, als sich alles von der Seele zu reden. Und das tat sie dann auch:

»Es fing alles damit an, dass ich meinen Mann vor über zehn Jahren verließ. Ich hatte keine Lust mehr, dieses spießige Leben mit diesem langweiligen Mann weiterzuführen. Mein Sohn musste laut Gerichtsbeschluss bei ihm bleiben. Aber damit hatte ich zunächst keine Probleme. Ich wollte nach Australien und wusste ja nicht, was mich dort erwartete. In den ersten Jahren lief es ganz gut. Ich lebte mit einem Mann zusammen. Irgendwann war der dann verschwunden. Aber damit kam ich klar. Der Kontakt zu meinem geschiedenen Mann in Deutschland schlief ein – und damit auch der Kontakt zu meinem Sohn. Ich nahm mir aber vor, nach Deutschland zurück zu kommen und dann eine neue Beziehung zu meinem inzwischen fast erwachsenen Kind aufzubauen. Zwei Freundinnen, die auch aus Deutschland stammten, wollten ebenfalls zurück.«

»Sabine Schauberg und Angela Maaß«, warf Gisela ein.

»Ja. Sabine hatte einen schweren Schicksalsschlag hinter sich, mit dem sie nicht fertig wurde. Sie hatte Mann und Kind verloren. Und bei Angela war die Ehe gescheitert. Außerdem lief ihr Geschäft nicht mehr gut. Und sie hatte keine Lust, in diesem Land noch mal von vorn anzufangen. Also machten wir drei uns auf den Weg nach Deutschland. Kurz vorher hat dann allerdings bei mir noch das Schicksal zugeschlagen. Ich erfuhr, dass mein Sohn tot war. Nicht etwa, dass mein geschiedener Mann mich informiert hätte. Nein, durch einen puren Zufall habe ich davon erfahren. Mein Kind tot! Selbstmord – angeblich. Noch dazu im Gefängnis. Mein Sohn war zu einer langen Freiheitsstrafe verurteilt worden. Und mein Verflossener, dieses Drecksstück, hat mich nicht darüber informiert. Ich konnte meinem Kind nicht helfen. Sie haben ihn einfach eingesperrt und umgebracht. Ich habe im Internet alles darüber herausgekriegt. Mein Kind hat diese Tat nicht begangen. Die Polizei hat sich einfach auf ihn eingeschossen, der Richter war ein gewissenloses Schwein. Und mein Mann, der das alles zugelassen hat, war das größte Schwein. Ich hatte nur noch eines im Sinn: Rache!«

Gisela hätte die Aussage an dieser Stelle gern kommentiert und detaillierte Fragen gestellt. Aber sie wusste, dass es im Sinne eines umfangreichen Geständnisses gefährlich war, sie zu unterbrechen. Sollte sie sich doch erst mal richtig auskotzen. Rita Blumberg nahm einen Schluck Wasser, fuhr sich mit beiden Händen durch die Haare und setze ihren Monolog fort:

»Wir trafen in Deutschland ein und haben uns erst mal ein Haus auf dem Lande gemietet. Es lief alles auf Sabines Namen. Sie war die Einzige von uns, die Geld hatte. Und das nicht zu knapp. Sie war in Australien zu Wohlstand gekommen und hat auch für ihr Haus, das sie vor der Ausreise verkauft hat, einen großen Batzen bekommen. Mich hat das alles nicht interessiert. Ich musste zunächst mal meinen Mann ins Jenseits befördern. Aber vorher wollte ich ihm noch in die Augen sehen. Es hat hervorragend geklappt. Dann kam der Richter dran. Als er meine Pistole sah, hat er sich in die Hose gemacht. Das war eine Wohltat. Am schwierigsten war es, den Polizisten ausfindig zu machen, der so schlampig ermittelt hat.«

Nun sah sie Piet hasserfüllt mit ihren dunklen Augen an: »Fast hätte ich dich bei den Eiern gehabt.«

»Aber warum haben Sie meinen Sohn entführt?«, entfuhr es nun Piet, der ganz erschrocken war, dass dies seine eigene, brüchige Stimme war, die er da hörte.

»Warum hast du meinen Sohn umgebracht, du Arschloch?«

»Ich habe Ihren Sohn nicht umgebracht. Ich habe ihn einer schweren Straftat überführt. Umgebracht hat er sich selbst.«

Rita Blumberg langte über den Tisch, um auf Piet einzuschlagen. Dieser konnte sich gerade noch entziehen. Gisela sagte mit erstaunlich sanfter Stimme:

»Beruhigen Sie sich, Frau Blumberg. Ich möchte Ihnen nicht gern Handschellen anlegen.«

Im Nebenzimmer saßen Dennis und der Kriminaloberrat, um das Verhör zu verfolgen. Ganz aufgeregt sagte Dennis:

»So eine Scheiße. Das sind meine Morde, um die es da geht. Und Ihre Mitarbeiterin reißt alles an sich und degradiert mich zum Zuschauer.«

»Aber sie macht das doch gut«, antwortete Giselas Chef.

Frau Blumberg beruhigte sich wieder und fuhr, an Piet gewandt, fort:

»Über deinen Sohn hätte ich dich angelockt und dir das gegeben, was du verdienst. Deinem Sohn wollte ich nichts tun. Denn im Gegensatz zu anderen vergreife ich mich nicht an Unschuldigen.«

Jetzt musste Gisela eingreifen, um Klarheit in die Sache zu bringen:

»Aber warum haben Sie Sabine beziehungsweise Angela Maaß erschossen? Und warum nannte sie sich eigentlich Sabine? Wo ist die echte Sabine?«

Rita Blumberg antwortete langsam und wohlüberlegt:

»Kurze Zeit, nachdem wir in Deutschland angekommen waren, wurde Sabine plötzlich krank. Es ging ihr schon längere Zeit nicht gut. Aber nun brach es über sie herein. Sie ging für ein paar Tage in eine Klinik und kam zurück mit der Diagnose Krebs. Es war absolut nichts mehr zu machen. Wir pflegten sie. Kurz bevor sie starb, brachte sie uns auf die Idee, dass Angela ihre Identität wechseln sollte. Sie sollte nach Sabines Tod einfach Sabine sein. Denn Angela und ich waren mittellos. Sabine weihte uns in all ihre Belange ein. Vermögensverhältnisse, Kreditkarten, der ganze Kram. Angela sollte einfach ihren Pass nehmen und als Sabine leben. Und beerdigen sollten wir Angela Maaß.«

»Hatten Sie keine Angst, dass das auffällt oder irgendwie herauskommt?«

»Wie sollte das herauskommen? Wenn jemand stirbt, muss man ja keinen Pass vorzeigen. Außerdem hatte Angela keine nahen Verwandten. Und sie hat nichts besessen. Also gab es auch kein Testament oder sonst etwas, worum sich ein Nachlassgericht hätte kümmern müssen. Der Hausarzt, den wir gesucht hatten, kannte Sabine nur als Angela. Er hat den Totenschein ausgefüllt und fertig. Jedenfalls hat Angela als Sabine dann das Häuschen gekauft, in dem wir wohnten. Und ich wohne bis heute da. Das Haus ist als Sabines Zweitwohnsitz eingetragen. Sie hatte auch einen Zweitwagen, den ich gefahren bin. Und sie hat sich dann das Haus in Kleinbötelkamp gekauft. Mich gab es offiziell gar nicht. Und das war auch gut so. Auf Dauer hätte ich mir natürlich etwas einfallen lassen müssen hinsichtlich meiner Identität. Aber das Problem habe ich ja jetzt auch nicht mehr.«

»Und warum haben Sie Angela erschossen?«

»Die dumme Pute hat die Nerven verloren. Sie wusste, dass ich mich an meinem Mann und dem Richter gerächt hatte. Und als ich den Bengel zu ihr ins Haus brachte und von ihr verlangte, dass sie ihn fesselt, ist sie fast durchgedreht. Sie hat es schließlich getan. Aber dann ging sie auf mich los und brüllte, sie würde alles platzen lassen. Außerdem hat sie auch etwas mitbekommen von meinen sonstigen Aktivitäten.«

»Was für Aktivitäten?«

»Ich habe mich als Dienstleister für Menschen angeboten, die allen Grund haben, sich zu rächen, dazu aber selbst nicht in der Lage sind. Meine Klienten habe ich über Internet-Foren bekommen.«

»Das heißt, Sie haben sich als Auftragsmörderin betätigt?«

»Ach, wie schön das klingt. Auftragsmörderin. Ich habe den Leuten das gegeben, was sie verdient hatten. Was heißt, den Leuten? Ich bin in der kurzen Zeit nur einmal zum Zuge gekommen.«

»Sie haben einen jungen Mann umgebracht. Helge Dommen. Und die Auftraggeberin war Nina Schlamp.«

»Na, Sie scheinen aber Ihre Hausaufgaben gemacht zu haben. Der Kerl war ein Schwein, der die Frau bis aufs Blut gedemütigt hat. Er hatte es verdient. Allerdings stimmt das mit der Auftraggeberin nicht so ganz. Das dumme Puttchen wollte, dass ich ihm mal einen Denkzettel verpasse. Als ich ihr dann gesagt habe, dass ich ihren Peiniger ins Jenseits befördert habe, ist sie fast ausgeflippt. Aber immerhin hat sie mir meinen verdienten Lohn gegeben.«

»Zehntausend Euro.«

»Richtig. Außerordentlich preiswert. Aber mir ging es ja nicht nur ums Geld. Ich wollte der Gerechtigkeit auf die Sprünge helfen.«

Angesichts dieses Geständnisses, mit dem sie nun auch den Mord an Helge Dommen aufgeklärt hatte, war Gisela völlig aufgewühlt, ohne es sich anmerken zu lassen. Bei Rita Blumberg zeigten sich nun erste Erschöpfungszustände. Deshalb beraumte sie eine Pause an. Als Gisela und Piet den Kriminaloberrat auf dem Flur trafen, sagte er bewundernd:

»Frau Weniger, ich gratuliere Ihnen. Sie haben mit einem Schlag alle aktuellen Mordfälle aufgeklärt.«

»Ja, das ist mir auch gerade aufgefallen. Ich habe jetzt, ehrlich gesagt, etwas weiche Knie. Und bevor ich mit Frau Blumberg weitermache, würde ich gern den Staatsanwalt informieren, dass Frau Schlamp keinen Mordauftrag gegeben hat. Ich denke, die Arme hat lang genug gelitten. Sie kann sicherlich aus der Untersuchungshaft entlassen werden.«

Jetzt donnerte Dennis los, der die ganze Zeit unruhig hinter Polizeioberrat Speck gestanden hatte.

»Es ist es wohl an der Zeit, dass ich auch mal zum Zuge komme. Das sind in erster Linie meine Morde.«

Piet musste lachen und meinte:

»Nun hab dich nicht so, Digger. Deine Morde, meine Morde. Es sind nun wirklich genug Morde für alle da.«

Gisela ließ sich nicht irritieren. Sie führte die Vernehmung von Rita Blumberg in Ruhe zu Ende. Als sie dann mit Piet und Dennis in ihrem Büro saß, klingelte ihr Telefon.

»Hallo, Lilly. Wie geht es dir denn da unten in Australien?«

Als Dennis den Namen Lilly hörte, verzog er das Gesicht und machte eine Geste, als würde er Lilly den Hals umdrehen.

»Warte, Lilly, ich stell dich mal auf Mithören. Piet und dein spezieller Feund, Kommissar…, ach jetzt weiß ich seinen Nachnamen gar nicht, äh, Dennis aus Hamburg, sitzen gerade bei mir.«

Als Gisela den Lautsprecher-Knopf gerade gedrückt hatte, erschallte Lillys durchdringende Stimme:

»DDD reicht vollkommen. Der dicke Dennis.«

Dieser konnte sich nicht beherrschen und konterte:

»Hier spricht der hinterasiatische Hängebaucheunuch. Es reicht Ihnen wohl nicht, der deutschen Polizei den Nerv zu töten. Jetzt reisen Sie sogar schon nach Australien, um die Leute um ihren Verstand zu bringen. Sie sind wirklich die größte Nervensäge, die mir je begegnet ist. Ich hoffe, Sie bleiben noch ein Weilchen da unten. Nehmen Sie ein Bad im Meer. Außer Haifischen soll es da ja auch Quallen geben, die einen in Minutenschnelle umbringen.«

Lilly mochte diese Art von Humor und konterte:

»Nur, wenn Sie mir Gesellschaft leisten. Von mir werden die Haie nicht satt. Sie wären allerdings das reinste Festmenü.«

Nach dem Austausch dieser Freundlichkeiten berichtete Lilly ausführlich über ihre Gespräche in Australien. Es deckte sich alles mit dem, was bei dem Verhör von Rita

Blumberg herausgekommen war. Zum Schluss wandte sie sich noch einmal an Dennis:

»Ihrem Wunsch, noch länger hier zu bleiben, kann ich nicht entsprechen. Wie sollen denn Leute wie Sie ihre Fälle lösen, wenn ich nicht ab und zu nach dem Rechten sehe? Ich weiß nicht warum, aber irgendwie sind Sie mir sympathisch. Vielleicht ist das ja nur eine Art seniler Geschmacksverirrung. Auf jeden Fall möchte ich Sie einladen, mich mal im Harz zu besuchen, im schönen Lautenthal. Dort gibt es auch einen herrlichen Brunnen, wo ich gelegentlich Leute reinschmeiße, die mir unsympathisch sind. Sie brauchen also keine Angst zu haben, dass Sie dazu gehören. Außerdem würde das zu einer furchtbaren Überschwemmung führen. Ich lade Sie stattdessen in ein Restaurant ein, den Harzer Schnitzelkönig. Da bekommen Sie von mir eine zwei Meter lange Currywurst. Und wenn Sie dann immer noch nicht satt sind, bestelle ich Ihnen ein Schnitzel, dass sich die Tischplatte biegt.«

Nach dem Telefonat mit Lilly meinte Dennis:

»Komisch, so langsam wird mir die alte Saatkrähe sympathisch.«

Alle Fälle waren gelöst. Dennis fuhr relativ versöhnt nach Hamburg zurück. Seine Lübecker Kollegen hatten ihn zwar nicht so einbezogen, wie er es gern gehabt hätte. Aber er konnte seinem Vorgesetzten sagen, dass die beiden Morde in seinem Zuständigkeitsbereich nun vom Tisch waren.

Gisela hatte den Mord an Helge Dommen aufgeklärt. Irgendwie war es eine Erleichterung für sie, dass Frau Schlamp aus dem Schneider war. Sie war einfach nur ein armes Ding, eine unbegossene Blume, wie ihr Mann zu sagen pflegte. Diese Frau nach all dem Mobbing in der

Firma und ihrem auch sonst so freudlosen Leben für lange Zeit ins Gefängnis bringen zu müssen, war für Gisela eine deprimierende Vorstellung. Sie freute sich darauf, ihr gleich mitteilen zu können, dass sie frei war. Sicherlich würde es noch ein juristisches Nachspiel haben, Rita Blumberg beauftragt zu haben, ihrem jungen Kollegen einen Denkzettel zu verpassen. Wahrscheinlich hatte sie mit Denkzettel an Körperverletzung gedacht. Aber der Auftragsmord war vom Tisch.

Für ihre Nachbarin Sabine beziehungsweise Angela, wie sie richtig hieß, empfand Gisela so etwas wie Trauer. Die Frau war ihr sympathisch gewesen. Sie hatte versucht, sich mit nicht legalen Mitteln ein neues Leben aufzubauen. Dass sie das mit ihrem Leben bezahlen musste, war tragisch. Als ihre Gedanken dann zu Rita Blumberg schweiften, die ihr angesichts ihres verpfuschten Lebens auch irgendwie leid tat, sagte sie zu sich:

»Jetzt reicht es, Gisela. Du bist Polizistin und keine Seelenklempnerin.«

Ohne Lillys Recherche in Australien wäre die ganze Sache wahrscheinlich fatal ausgegangen. Sie wäre nicht auf die Idee gekommen, Sabine alias Angela aufzusuchen. Dann hätten sie den kleinen Piet nicht gefunden. Vielleicht würde er jetzt nicht mehr leben. Oder sein Vater wäre jetzt tot. Sie wollte gar nicht weiter darüber nachdenken. Es war gut ausgegangen. Und sie würde Lilly bis ans Ende ihres Lebens dankbar sein.

Piet fuhr in dem Bewusstsein nach Hause, dass für sich und seinen Sohn die Gefahr gebannt war. Trotzdem war ihm schwer ums Herz. Seit sein Sohn vor kurzem in sein Leben getreten war, war er ein anderer Mensch geworden. In dieser kurzen Zeit, seit es für ihn den kleinen Piet gab, hatte sich alles verändert. Er wusste nun, was es bedeutete, sich um jemanden zu sorgen, um einen Menschen zu bangen. Das war kein gutes Gefühl. Aber es war das stärkste Gefühl, das er in seinem bisherigen Leben hatte. Und er wollte es um nichts in der Welt missen.

»Wir kriegen das schon wieder hin, kleiner Piet. Diese schreckliche Erfahrung von Gewalt und Entführung, die Todesangst, die du gehabt hast, wirst du überwinden. Ich helfe dir dabei. Ich bin schließlich dein Vater«, sagte er zu sich selbst, als er im Auto saß und war ganz erstaunt, dass er es laut ausgesprochen hatte.

- 31 -

Lilly war wieder zu Hause. Ihr alter Freund Eddy hatte sie mit Kuchen begrüßt. Dann hatte sie erst mal zwölf Stunden geschlafen, um den Jetlag aus dem Körper zu kriegen. Mittags hatte sie ein spätes Frühstück eingenommen und sich dann ins Auto gesetzt, um einzukaufen. Auf dem Rückweg hielt sie in Lautenthal auf dem Marktplatz, um sich für ein paar Minuten in den Marktgarten zu setzen. Die Sonne schien und sie genoss es, auf den Springbrunnen zu schauen. Dahinter das bewaldete Bergpanorama. Sie ließ die Seele baumeln. Nur wenige Menschen waren unterwegs. Es war für sie ein Phänomen, wie dieser Ort so ruhig sein konnte. Früher, als es hier noch viele Geschäfte gab und die Leute noch nicht zu den Supermärkten nach auswärts fuhren, war hier immer ein buntes Treiben. Aber ihr Bedarf an Hektik war vorerst gedeckt. Sie genoss es, einfach nur so dazusitzen und abwechselnd den Brunnen und die Berge zu betrachten. Da hielt ein Auto neben dem Marktgarten und ihr Großneffe Amadeus stieg aus. Er kam auf sie zu und umarmte sie:

»Na, das ist aber ein Glück, dass ich dich zufällig hier gesehen habe. Ich wollte doch mal schauen, ob du deine Weltreise gut überstanden hast.«

»Hab ich, mein Junge. Es ist alles bestens. Ich war nur so kurz weg, und jetzt merke ich, dass ich Heimweh hatte. Diesen Ausblick gibt es nur einmal auf der Welt. Ist es nicht wunderschön hier?«

»Oh ja. Wenn man immer hier ist, ist man sich dessen nur nicht bewusst.«

Mit diesen Worten setzte sich Amadeus auf den Brunnenrand und Lilly wieder gegenüber auf die Bank. Da kam mit einem schwerfälligen Gang Herr Kixmüller in den Marktgarten, der Mann, den Lilly vor einiger Zeit in den Brunnen befördert hatte.

»Nanu, da kommt ja unser Brunnenschwimmer.«

Sie konnte einfach ihren Mund nicht halten. Der Mann sah einigermaßen erschrocken aus. Mit Lilly hatte er nicht gerechnet. Er stellte sich mit dem Rücken zum Brunnen, einen Meter von Amadeus entfernt, der immer noch auf dem Rand saß.

»Heute lass ich mich nicht von Ihnen ins Wasser schmeißen.«

»Aber, aber. Ich werfe Sie doch nicht ins Wasser. Ich werde Sie einfach verhexen, dass sie von selbst ins Wasser springen.«

»Dass Sie eine alte Hexe sind, ist mir sowieso klar.«

Jetzt war Lilly nicht mehr zu halten. Sie stand auf und ging ein paar Schritte auf Herrn Kixmüller zu. Dann machte sie ganz spontan eine Geste, als würde sie ihn ins Wasser stoßen, obwohl sie etwa fünf Schritte von ihm entfernt stand. Dazu schrie sie mit schrill verstellter Stimme:

»Huiiii!«

Herr Kixmüller bekam einen fürchterlichen Schreck und trat einen Schritt zurück. Das war allerdings schon die Brunnenmauer. Es gab einen gewaltigen Klatsch, und der dicke, schwerfällige Mann lag der Länge nach im Wasser. Amadeus konnte nicht schnell genug aufspringen, um der Flutwelle zu entgehen und bekam einen nassen Hintern. Dann reichte er dem Brunnenschwimmer die Hand und half ihm heraus. Triefend erhob dieser den Zeigefinger gen Lilly und gurgelte:

»Das hat Folgen. Sie wollten mich jetzt schon zum zweiten Mal umbringen. Diesmal sogar mit Hexerei.«

Quietschvergnügt gab Lilly zur Antwort:

»Auf das Gesicht der Richterin bin ich gespannt, wenn Sie behaupten, ich hätte Sie verhext.«

Amadeus hielt sich mit beiden Händen krampfhaft den Bauch und ging gebückt zur Bank, auf der Lilly bis eben noch gesessen hatte. Dann ließ er sich niedersinken. Sein Gesicht war verzerrt. Er hat Schmerzen, dachte Lilly. Er konnte nicht mehr atmen. Lilly schaute ihren Großneffen ganz entsetzt an. Wir brauchen einen Arzt für den Jungen, schoss es ihr durch den Kopf. Er ist zwar noch so furchtbar jung. Trotzdem hörte man immer wieder, dass auch junge Männer einen Herzinfarkt bekommen. Aber dann ließ er seinen aufgestauten Atem raus und nahm einen tiefen, geräuschvollen Atemzug. Und nun lachte er los wie nie zuvor in seinem Leben. Er konnte sich gar nicht mehr beruhigen. Herr Kixmüller schamfutterte vor sich hin und verließ ganz langsam, vor sich hin triefend, den Tatort. Lilly redete etwas von Notarzt und psychiatrischem Notdienst, was Amadeus´ Lachkrampf nur noch verlängerte. Nach fünf Minuten hatte Amadeus solche Bauchschmerzen vor Lachen, dass seine Großtante ihn stützen musste, um zu seinem Auto zu gelangen.

Nachwort

Als 2011 »Walpurgismord« herauskam, konnte ich nicht ahnen, wie sehr sich die Leserinnen und Leser auf Lilly Höschen einschießen würden. Für mich war sie ja zunächst nur eine von mehreren Protagonistinnen. Spätestens in »Sauschlägers Paradies« fing auch ich an, die alte Dame zu verehren. In »Die Segeberg-Connection, die Lübecker Marzipanleiche und der Harzer Roller« hatte sich Lilly dann allmählich selbstständig gemacht, und ich durfte nur noch schreiben, was sie sich ausgedacht hatte. Es war hoffnungslos, ihr vorschreiben zu wollen, wie sie zu reden und zu agieren hat. Und in diesem Buch nun musste ich ihr völlig freien Lauf lassen.
Ich bin selbst gespannt, wann sie mich das nächste Mal drängt, zur Feder zu greifen, damit sie wieder aktiv werden kann.

Ich danke allen Lesern, die Lilly und mir nun bereits über vier Bücher die Treue gehalten haben.

Wer mit mir Kontakt aufnehmen möchte, kann mir eine Email schreiben unter *helmut@epv-verlag.de* oder mich auf Facebook besuchen:

http://www.facebook.com/HelmutExnerAutor

Bücher von Helmut Exner

Walpurgismord

Ein leicht *schräger* Krimi aus dem idyllischen Harz

224 Seiten
2. Aufl. 11/2011
Paperback, 12 x 18,5 cm
ISBN 978-3-936318-91-3

Am Walpurgistag verschwinden die Eltern von Amadeus Besserdich im Hochmoor des Harzes. Zwanzig Jahre später geschehen merkwürdige Verbrechen, die den Schluss nahelegen, dass Amadeus´ Vater, der Totgeglaubte, seine Finger im Spiel hat. Wieder ist Walpurgistag, und wieder geschieht etwas Schreckliches. Amadeus und seine schrullige Großtante Lilly haben nur Zeit bis Mitternacht. Dann muss der Fall gelöst sein, oder ein weiterer Mensch stirbt.

> *Endlich mal wieder ein toller, gut lesbarer Regionalkrimi mit Witz und extrem viel Spannung!*
> *– Carola Nümann, krimikiste.com –*

auch als eBook erhältlich

Sauschlägers Paradies

Ein ziemlich *schräger* Krimi aus dem romantischen Harz

176 Seiten
1. Aufl. 09/2011
Paperback, 12 x 18,5 cm
ISBN 978-3-936318-92-0

Menschen verschwinden spurlos auf einem geheimen Friedhof. Das Ehepaar Sauschläger, zwei Oberharzer Originale, lässt sich in seiner Naivität mit der Russenmafia ein. Lilly Höschen, die schrullige Oberstudienrätin, und ihr Neffe Amadeus werden in diese Vorgänge verstrickt, die Kommissar Schneider und seine Mitarbeiterin Gisela Berger zu lösen versuchen. Ein ziemlich grotesker Kriminalfall, wie er wohl nur im Harz passieren kann.

> *Der landestypische derbe Humor und die skurrile Lilly machen die eher schaurige Geschichte zu einem Lesevergnügen - vorausgesetzt, man mag schrägen und schwarzen Humor. – Thalekurier –*

auch als eBook erhältlich

Die Segeberg-Connection, die Lübecker Marzipanleiche und der Harzer Roller

151 Seiten
1. Aufl. 02/2012
Paperback, 12 x 18,5 cm
ISBN 978-3-936318-97-5

Gisela ist nach Schleswig-Holstein gezogen, wo sie für das Landeskriminalamt ermittelt. Kaum angekommen, ereilt sie ein Hilfeschrei aus dem Harz. Ihre alte Freundin Lilly Höschen fühlt sich bedroht. Bereits zwei alte Kollegen sind auf merkwürdige Weise ums Leben gekommen und sie fürchtet, dass sie die Dritte ist. Dabei hat Gisela alle Hände voll zu tun. In ihrer Nachbarschaft wohnen Männer mordende Frauen.

> *Ein toller Krimi, mit viel Witz, skurrilen Charakteren und ganz viel Marzipan der anderen Art. Persönliche Wertung: 5***** (von 5 möglichen) mit Zucker, äh... Marzipan obendrauf – Chloé Cingöz, KrimiKiosk –*

auch als eBook erhältlich

Die Toten von Silbernaal

Ein Kriminalroman aus den dunklen Zeiten des Harzes

ca. 220 Seiten
IV. Quartal 2012
Paperback, 12 x 18,5 cm
ISBN 978-3-943403-20-6

Ein Zug fährt durch die Nacht. Aus einem Waggon winkt ein Mann ohne Kopf.
Ein vergrabener Schatz, für den vor siebzig Jahren schon einmal gemordet wurde, ist Anlass für ein neues Verbrechen. Um es zu lösen, muss Kommissar Schneider tief in die Vergangenheit eintauchen.
Sibernaal war eine alte Grubensiedlung im Harz. Über Jahrhunderte lebten die Menschen hier vom Erzbergbau. Das dunkelste Kapitel in seiner Geschichte erlebt der kleine Ort während der Nazizeit, als zunehmend Zwangsarbeiter zur Aufrechterhaltung der Kriegswirtschaft ausgebeutet werden. Hier geschieht auch ein Verbrechen, dass lange Zeit unentdeckt bleibt. Fast siebzig Jahre später wiederholt es sich.

auch als eBook erhältlich

Die Frauen von Janowka

Eine wolhynische Familiengeschichte – Roman

256 Seiten
1. Aufl. 03/2010
Paperback, 12 x 18,5 cm
ISBN 978-3-936318-89-0

Lange Zeit leben die Menschen in dem von Deutschen gegründeten ukrainischen Dorf Janowka in Frieden und Wohlstand. Der Wind dreht sich, als Zar Nicolaus II. den Deutschen aufgrund der großpolitischen Wetterlage das Leben schwer macht. Im Ersten Weltkrieg werden sie nach Sibirien verbannt. Wer kann, wandert nach Deutschland oder Kanada aus. Der Autor, ein Nachkomme der Frauen von Janowka, spürt in der Parallelhandlung dem Leben seiner Vorfahren nach und findet deren Nachkommen wieder, die über Kontinente hinweg verstreut sind.

Eine Familiensaga, die eingebettet ist in die wechselvolle Geschichte des 20. Jahrhunderts – von der Verwirklichung des Traums von einem besseren Leben.

auch als eBook sowie in englischer Sprache erhältlich